La catedral

CÉSAR MALLORQUÍ

LITERATURA**SM**•COM

Primera edición: junio de 2000
Trigésima segunda edición: agosto de 2017

Gerencia editorial: Gabriel Brandariz
Coordinación editorial: Berta Márquez
Coordinación gráfica: Marta Mesa
Cubierta: Julián Muñoz

© del texto: César Mallorquí, 2000
© Ediciones SM, 2017
Impresores, 2
Parque Empresarial Prado del Espino
28660 Boadilla del Monte (Madrid)
www.grupo-sm.com

ATENCIÓN AL CLIENTE
Tel.: 902 121 323 / 912 080 403
e-mail: clientes@grupo-sm.com

ISBN: 978-84-675-9353-2
Depósito legal: M-14541-2017
Impreso en la UE / *Printed in UE*

Cualquier forma de reproducción, distribución,
comunicación pública o transformación de esta obra
solo puede ser realizada con la autorización de sus titulares,
salvo excepción prevista por la ley. Diríjase a CEDRO
(Centro Español de Derechos Reprográficos, www.cedro.org)
si necesita fotocopiar o escanear algún fragmento de esta obra.

*Este libro está dedicado a mi gran amiga Lolita López Cao,
una de las personas más admirables que he conocido
y la mejor abuela que mis hijos pudieran desear.*

PRÓLOGO
1281 ANNO DOMINI

En el interior de la cripta reinaban las tinieblas, la humedad y el miedo. El hombre que yacía en la oscuridad, sentado en el suelo con los brazos rodeando las encogidas piernas, era un anciano de pelo canoso y piel curtida por la vida al aire libre. Hasta hacía muy poco había sido alguien importante, un maestro de su oficio, pero ahora solo era un fugitivo. En realidad, un condenado a muerte.

Fue precisamente el temor a la muerte lo que le había movido a ocultarse en la cripta secreta. ¿Cuánto tiempo llevaba escondido allí? No lo sabía; los minutos discurren muy lentamente en la oscuridad, pero debían de haber pasado tres o cuatro horas desde que fue testigo de la matanza.

Se estremeció. La imagen de sus compañeros atrozmente asesinados parecía habérsele grabado a fuego en las pupilas, y cada vez que la evocaba, cada vez que pensaba que él podría haber estado allí, compartiendo la terrible suerte de sus amigos, un intenso pánico le embargaba. Se había salvado de milagro, por llegar tarde a la reunión; un simple retraso, esa era la diferencia entre la vida y la muerte. Cuando llegó, la matanza ya había comenzado y los gritos de las víctimas torturaban la quietud de la noche.

Luego, ellos le descubrieron y el anciano tuvo que huir para salvar la vida. Pero ¿dónde ocultarse? Lo cierto es que solo dispuso de dos opciones: o arrojarse al mar por los acantilados, o –como finalmente hizo– buscar refugio en el templo.

Y por eso estaba allí, preguntándose cuánto tardarían sus perseguidores en encontrar la cripta secreta, acurrucado entre las tinieblas con el corazón encogido de miedo. La culpa era suya, se dijo una vez más; cuando comenzó a abrigar sospechas sobre la auténtica naturaleza de su trabajo, debió compartirlas con los demás. Y cuando el viejo guerrero le confesó sus planes..., entonces debía haber huido a toda prisa, sin mirar atrás. Pero no lo hizo; pretendiendo mantenerse al margen, se mintió a sí mismo diciéndose que no hacía otra cosa que ejercer su oficio, cuando lo cierto es que estaba colaborando con el mal más abyecto.

Pero ya era tarde para lamentaciones. Ahora debía plantearse el modo de salir de ahí. Aún faltaban unas horas para el amanecer y, amparándose en las sombras, quizá pudiera alcanzar el bosque y, más allá, la libertad.

El anciano se incorporó y estiró los miembros para desentumecer los músculos. Tanteando en la oscuridad, alcanzó la escalera de piedra y subió por ella. Se detuvo frente a la puerta oculta y permaneció unos instantes con el oído atento, pendiente de cualquier ruido que pudiera delatar la presencia de sus perseguidores, mas solo escuchó el atropellado latir de su corazón.

Finalmente, aferró con ambas manos la palanca que había en el dintel y tiró de ella. La puerta se deslizó lentamente, acompañada de un chirrido que al anciano se le antojó estruendoso, y dibujó un rectángulo de tinieblas algo menos opacas que las reinantes en la cripta.

Tras una breve indecisión, el anciano cruzó el umbral y se encaminó sigilosamente a la salida del templo. Pero no había recorrido más de cinco o seis pasos cuando, de pronto, una silueta surgió de entre las sombras y se interpuso en su camino. Era un hombre alto, cubierto con negros ropajes, y en la mano portaba una espada. El anciano se detuvo y profirió un ahogado gemido de pánico.

—De modo que estabais aquí, ¿eh, maestro? —dijo el hombre oscuro en tono burlón—. ¿Os habíais olvidado de la cita que teníais con nosotros?

El anciano, acicateado por un intenso y ciego terror, retrocedió apresuradamente hacia la cripta, como si allí pudiera todavía encontrar cobijo, mas el hombre de la espada reaccionó con extraordinaria rapidez: dando tres veloces zancadas, alcanzó al anciano y, fríamente, le atravesó el vientre con un vertiginoso tajo de su acero.

El anciano, herido de muerte, parpadeó incrédulo. Se llevó las manos al estómago, retrocedió un par de vacilantes pasos, tropezó, cayó por la escalera y quedó tendido sobre el gélido suelo de la cripta.

Durante unos instantes no sintió nada, ni frío, ni dolor, ni miedo. Luego comprendió que la vida se le escapaba, y entonces, queriendo dejar algún testimonio de lo que había ocurrido, tendió una mano hacia el muro y, justo antes de morir, usando su propia sangre como pintura, dibujó una extraña marca en la pared:

1

Han transcurrido muchos años desde que sucedió lo que ahora voy a relatar y, sin embargo, el recuerdo de aquellos hechos permanece nítido en mi memoria. No es extraño; uno nunca olvida la primera vez que se enfrentó a la muerte.

Mi historia aconteció en una época violenta, si es que alguna no lo ha sido, mas la clase de violencia que tuve que afrontar fue muy distinta a lo que, incluso en aquellos tiempos, se tenía por normal. Podría decirse que bailé con el Diablo y sobreviví para contarlo.

Ahora, cuando me dispongo a poner por escrito la memoria de aquellos acontecimientos terribles, solo me resta decidir el comienzo. Aunque, bien pensado, la elección es sencilla; soy constructor, mi trabajo consiste en erigir edificios, templos, fortalezas, de modo que por ahí debe iniciarse mi historia.

Todo comenzó, pues, el día en que me convertí en francmasón...

Nunca olvidaré el día en que padre me llevó por primera vez a una reunión de la logia. Ocurrió el doce de mayo del año de Nuestro Señor de 1282, la fecha de mi decimocuarto cumpleaños. Hasta entonces había sido un niño, pero ese día me convertí en hombre. En hombre libre, la única clase de persona que, según mi padre, valía la pena ser.

Por aquel entonces llevábamos varios años instalados en Estella, una villa del reino de Navarra así llamada en honor a la estrella de Compostela, pues se encuentra situada en la ruta de los peregrinos. Mi padre, León Yáñez, era cantero; maestro constructor, en realidad, pues estaba instruido en los secretos de Salomón y era ducho en el arte de erigir templos, puentes y fortalezas.

Vivíamos en una casa de piedra con techumbre de paja situada a no mucha distancia de Santo Domingo, la iglesia cuyas obras dirigía mi padre. Como era un *lathomus* –maestro de obras, según la lengua de los romanos–, la más elevada condición entre los masones, el hogar que el Cabildo nos había asignado gozaba de ciertos lujos que el común de los mortales no suele disfrutar: contraventanas para protegernos de los vientos invernales, lechos de madera con jergones de paja, candiles de hierro y una abundante provisión de sebo para alimentarlos.

Margarita, mi madre, que había nacido en el país de los francos, solía adornar nuestra morada con artemisa y madreselva, en primavera; y con muérdago y acebo, al llegar el invierno. También se ocupaba de cocinar en el hogar situado en el centro de la casa, y de aventar el humo para secar bien la paja del techo antes de las lluvias, y de remendar nuestras ropas, y de asear la estancia, y de alimentar a las gallinas, y de ordeñar a las dos cabras que nos permitían disfrutar de leche fresca. Sin duda, mi madre era una mujer muy atareada.

Entretanto, mi padre y yo trabajábamos en la construcción de la iglesia, de sol a sol, con un descanso para el desayuno y otro para el almuerzo. Él se ocupaba de dirigir a los albañiles y de tallar las estatuas de los pórticos, pues además de *lathomus* era un experto imaginero. Yo, por mi parte, ayudaba en la obra transportando piedras sillares con la carretilla, o mezclando agua, arena y cal para preparar el mortero. Aún no había sido aceptado como masón, ni siquiera alcanzaba el grado de aprendiz. No era nada, apenas uno más entre los muchos peones que solo aportaban a la construcción del templo la fuerza de sus músculos; aunque, a decir verdad, ni siquiera de músculos podía presumir, pues por aquel entonces solo era un muchacho no muy desarrollado. Sin embargo, mientras sudaba bajo un sol de plomo fundido, transportando pesados bloques de arenisca de un lado a otro, mi corazón abrigaba la esperanza de ser pronto aceptado en la logia, donde recibiría la instrucción necesaria para dominar los secretos de la piedra.

Aquella mañana, la mañana de mi decimocuarto cumpleaños, la monotonía de mis quehaceres diarios se vio gratamente quebrada. Cuando madre me despertó, ya había amanecido y padre se encontraba desde hacía rato en la obra.

–Feliz aniversario, Telmo –dijo ella con una sonrisa–. Tu padre te ha dado el día libre, así que puedes hacer lo que se te antoje. Pero ahora levántate, pues tienes listo el desayuno.

¡Un día de asueto! Salté del jergón y corrí a sentarme en un taburete frente a la mesa, donde me esperaba un tazón de gachas con leche, endulzadas con miel para la ocasión. Las devoré en un santiamén, me puse las calzas y el jubón y salí a toda prisa de la casa. Mientras cruzaba la puerta, madre me gritó que fuera al río a bañarme, pero no hacía ni una semana que me había lavado por última vez, de modo que hice oídos sordos y corrí al patio trasero, a la pequeña casamata donde padre guardaba sus utensilios de trabajo. Allí, oculta en un arcón y envuelta en arpillera, había una pequeña talla de Nuestra Señora a medio terminar.

Aquella figura de caliza blanca era mi máximo orgullo, mi bien más preciado. Yo era su autor, yo la había esculpido, pues, aunque ni siquiera era un aprendiz de cantero, padre me instruyó en el arte de la imaginería desde mi más tierna infancia. Nací con un buril y un mazo entre las manos, por mis venas corría polvo de piedra, y aquella escultura era el resultado de largos años de aprendizaje.

Saqué la talla del arcón y desenvolví la arpillera; el risueño rostro de la Virgen pareció saludarme al surgir de entre los pliegues de la tela. Me detuve unos segundos para examinar la imagen con mirada apreciativa: medía tres palmos de altura y representaba a Nuestra Señora en estado de buena esperanza, con una mano apoyada en la cadera derecha, la otra descansando sobre el abultado vientre y el rostro iluminado por una sonrisa.

Deposité la talla sobre el banco de trabajo, tomé prestadas, de entre las herramientas de mi padre, una gubia fina y un mazo de madera, y comencé a perfilar los pliegues del inacabado manto de la Virgen. Llevaba dos meses trabajando en aquella imagen, aprovechando mis escasos momentos de asueto para esculpirla. Jamás ornamentaría ninguna iglesia, ni siquiera presidiría el altarcillo de una humilde ermita, pues su único objetivo era servirme de práctica; pero eso poco importaba. Era mi obra.

Pasé toda la mañana trabajando en la talla, labor que solo interrumpí a la hora de comer. Con motivo de mi aniversario, madre había matado una gallina y la había guisado con rábanos y vainas. Fue todo un banquete, solo ensombrecido por la ausencia de mi padre, que aquel día había decidido almorzar a pie de obra. Reconozco que eso me entristeció; a fin de cuentas, yo acababa de cumplir catorce años y confiaba en que él me acompañara en un día tan señalado.

Después de comer regresé al cobertizo y me puse de nuevo a esculpir la imagen de Nuestra Señora.

Las horas de la tarde pasaron con la ligereza de una nube arrastrada por la brisa y pronto llegó el atardecer. Y con las sombras del ocaso vino también mi padre. Abstraído como estaba en mi labor, no le oí acercarse, pero supongo que permaneció un rato en silencio a mis espaldas, contemplándome trabajar, antes de interrumpirme con un carraspeo.

–Telmo –dijo–, coge esa imagen y acompáñame.

–¿Adónde vamos, padre? –pregunté con sorpresa.

–A la logia. Quiero que los compañeros conozcan tu trabajo.

Permanecí unos segundos desconcertado, con la boca abierta, y de pronto comprendí el significado de sus palabras. Iba a ser propuesto como aprendiz de masón. ¡Por fin! Entonces me entró un miedo terrible, miedo a que mis esfuerzos fueran objeto de burla, miedo a fracasar, a no ser aceptado.

–Pero la imagen no está acabada... –protesté.

–Tonterías –padre rechazó la excusa con un ademán y comenzó a alejarse–. Vámonos ya, Telmo, que nos están esperando.

¿Qué podía hacer? Tragué saliva, envolví la escultura en la arpillera, me la eché al hombro y fui en pos de mi padre.

Recorrimos en silencio las estrechas callejas de Estella, por entre casas de madera que parecían encorvarse las unas sobre las otras, como un baile de jorobados. La noche se avecinaba y los habitantes de la villa comenzaban a prepararse para la inminente oscuridad. Los artesanos recogían sus enseres, los labriegos estabulaban el ganado, las mujeres llamaban a gritos a sus hijos y los hombres acarreaban haces de leña para alimentar la lumbre del hogar. Mientras atravesábamos el río Ega por el puente de la Cárcel, nos cruzamos con los lanceros que se dirigían a la muralla para cumplir su guardia.

Las obras de la iglesia de Santo Domingo se encontraban cerca de la judería. Aunque el templo estaba prácticamente concluido, todavía se hallaba cubierto de andamios, grúas de madera y cabrestantes. El lugar estaba desierto, como era de esperar dado lo tardío de la hora. Al llegar, padre se detuvo frente a la logia y me advirtió:

–Hoy serás propuesto como aprendiz, Telmo. No soy yo quien ha de aceptarte, sino los compañeros. Si respondes con sinceridad a sus preguntas y te muestras humilde, nada debes temer, así que borra esa cara de susto, hijo.

Me tranquilizó con una fugaz sonrisa, abrió la puerta y entró en la logia. Pese a que había estado allí cientos de veces, las piernas me temblaban cuando crucé el umbral. La logia no era más que un cobertizo de madera situado junto a la obra, el lugar donde se guardaban las herramientas y se trazaban los planos, donde los constructores almorzaban y donde realizaban los trabajos más delicados. Pero también era el recinto donde los francmasones se reunían para discutir cuestiones relacionadas con la Hermandad, y a aquellos cónclaves yo jamás había sido invitado. Hasta entonces.

En el interior de la logia, reunidos bajo la temblorosa luz de las lámparas de aceite, cinco constructores aguardaban sentados en torno al banco de trabajo. Conocía sus nombres: Jorge de Burgos, Otto el germano, Eutimio de Tolosa, Nicefas el cojo y Perdigotto el genovés. Todos ellos trabajaban en las obras de Santo Domingo, nos conocíamos de sobra, pues convivíamos cada día, pero ninguno me saludó al verme entrar.

–Compañeros masones –dijo padre, con solemnidad, una vez que la puerta se hubo cerrado–: el aquí presente, Telmo Yáñez, desea ingresar como aprendiz en esta logia. Estamos, pues, reunidos para decidir si es o no aceptado; examinaremos su trabajo y después votaremos.

Padre no era hombre de muchas palabras, así que concluyó su breve discurso y me invitó con un gesto a adelantarme y presentar mi obra. Yo estaba aterrorizado; sabía que el resto de mi existencia dependía de lo que ocurriese en aquel momento y el peso de la responsabilidad paralizaba mis músculos y sellaba mis labios. Tragué saliva, deposité la talla de la Virgen sobre el banco de trabajo y aparté la arpillera que la mantenía oculta.

Durante lo que a mí se me antojó una eternidad, nadie dijo nada. Todas las miradas convergían en la escultura, que de pronto me pareció torpe y desmañada, pero las bocas permanecían mudas y los rostros inexpresivos. Supuse que aquel silencio era el preludio de mi fracaso y a punto estuve de echarme a llorar; entonces, Perdigotto dijo en voz baja:

—La Madonna no está erguida, ladea el cuerpo hacia la diestra. ¿Por qué?

Tardé unos segundos en comprender que me lo estaba preguntando a mí. De modo que aquel era mi error, pensé con desánimo: alejarme de los cánones y dejar volar la imaginación. Me estaba bien empleado, por presuntuoso.

—Porque está embarazada —contesté con un hilo de voz—. Me he fijado en que las comadres del pueblo, cuando se hallan grávidas y próximas al parto, suelen reposar descargando el peso del cuerpo sobre un pie... Yo solo quería imitar el gesto.

Perdigotto contempló de nuevo la talla y alzó las cejas.

—Pues es un gesto gracioso —comentó en tono aprobador—. Incluso gentil, diría yo.

Como si las palabras del genovés hubieran desatado las lenguas, todos se pusieron a hablar a la vez.

—¡Es bellísima! —exclamó Eutimio.

—No puedo creerlo —terció Nicefas, asombrado—; tan joven y tan hábil...

—*Semper ingenia summa in occulto latent* —apuntó Otto, que presumía de ser ducho en latines.

Jorge se volvió hacia mi padre y, con los brazos en jarras, le espetó:

—Demasiada destreza para un crío. ¿No le habrás ayudado tú?

Padre profirió una carcajada y señaló la talla con un ademán.

—¿Crees que yo sabría hacer algo así? —sacudió la cabeza—. No tengo tanto talento, Jorge.

A duras penas podía creer lo que estaba oyendo: ¡mi trabajo les gustaba! Me sentía como en una nube y cada lisonja que brotaba de sus labios contribuía a alzarme un palmo más sobre el suelo, tal era el alborozo que me embargaba. Fue padre el que me devolvió a la realidad al decir:

—Basta de charlas. Ahora debemos votar la aceptación de Telmo Yáñez como aprendiz.

El sistema de votación era sencillo. Cada masón disponía de dos piedras: una blanca, que significaba «sí», y otra negra, cuyo significado era «no». Padre puso una arqueta sobre el banco de trabajo y, uno a uno, los compañeros introdujeron en ella la piedra de su elección. Luego, padre procedió al recuento de los votos. Abrió la arqueta, examinó su contenido y acto seguido, sin poder ocultar del todo una sonrisa de orgullo, dejó caer las piedras sobre la madera del banco.

Las seis eran blancas.

A punto estuve de proferir un grito de alborozo, pero padre me contuvo con un gesto, al tiempo que me entregaba un crucifijo de madera labrada.

–Has sido aceptado en esta logia, Telmo Yáñez –dijo con gravedad–, de modo que debes realizar tus juramentos. ¿Juras sobre la cruz aplicarte en dominar los principios de la construcción y realizar tus labores con empeño y provecho, y acatar las instrucciones y órdenes del maestro de obras, así como las de tus compañeros superiores en rango, y mantener en secreto las enseñanzas que recibas, al igual que el contenido de nuestras reuniones?

–Lo juro –musité.

–En tal caso, ya perteneces a la fraternidad de los constructores, Telmo Yáñez. Eres un francmasón, te felicito –frunció el ceño–. Pero ¿sabes lo que significa ser francmasón?

No supe qué contestar. Mi padre, aunque no era aficionado a los discursos, se inclinó hacia mí y me habló largamente, y a juzgar por la seriedad con que pronunciaba sus palabras, comprendí que pretendía transmitirme algo de gran importancia.

–En la cristiandad –dijo– hay tres poderes: la nobleza, los guerreros y la Iglesia. Sin embargo, ninguna de esas castas es realmente libre. El Rey y sus nobles dependen de los ejércitos, y estos, del dinero que obtienen de la aristocracia. La Iglesia, por su parte, depende de Roma, donde el Papa, a su vez, está a merced de los poderes temporales. Nadie es libre, y menos aún los siervos, que ocupan el lugar más bajo en el orden social. Existe una cuarta clase: los artesanos. Mas tampoco ellos son libres, pues se hallan bajo el poder del señor del feudo.

Hizo una pausa y prosiguió:

–Hay, no obstante, una clase de artesanos que son diferentes a los demás: los constructores. «Francmasón» significa albañil libre. Libre, Telmo, porque un masón no está sujeto a poder alguno. Cierto es que tenemos patrones, aquellos que nos encargan las obras y aportan el capital, pero se trata de una relación libremente aceptada por ambas partes, en virtud de un contrato que concluirá una vez finalizado el trabajo. Luego, el masón será libre para ejercer su oficio donde le plazca. Tal es nuestro tesoro, la libertad, pero también nuestro yugo, pues debemos ejercerla con prudencia y buen juicio –padre concluyó su discurso y puso sobre el banco de trabajo un pergamino virgen, un cuenco de pintura negra y un pincel–. Puesto que ya eres aprendiz –dijo–, deberás trazar en este pergamino tu marca para que sea conocida por todos.

La «marca de cantero» es la firma personal de cada masón. Se graba a golpe de cincel en las piedras talladas, sea para establecer la paga de los operarios cuando se trabaja a destajo, o simplemente como proclamación de autoría.

Hacía muchos años que yo había decidido cuál sería mi signo: inscribiría las iniciales de mi nombre, la T y la Y superpuestas. Tomé el pincel, lo mojé en pintura y tracé mi marca sobre el amarillento pergamino:

–Ese signo contiene la pata de oca de los canteros occitanos y la cruz de los cristianos –comentó Jorge–. Es una buena marca, Telmo, te dará suerte.

Estaba equivocado; no era precisamente buena suerte lo que me deparaba el destino, pero eso entonces nadie podía saberlo.

Al parecer, la ceremonia de aceptación ya había concluido, pues los compañeros se arremolinaron en torno a mí y me felicitaron con vigorosas palmadas en la espalda. Nicefas sugirió que, en lo sucesivo, yo podría ocuparme de tallar la ornamentación de los capiteles, mas Perdigotto adujo que, dado mi arte, debería esculpir la imaginería del pórtico.

–¡No! –exclamó de repente mi padre–. No se empieza a construir una casa por el tejado. Telmo ha sido aceptado como aprendiz, y propios de un aprendiz serán sus trabajos. Tallará sillares y columnas, y con el tiempo quizá pueda ocuparse de las filigranas de la arquivolta. Pero la imaginería es tarea de compañeros, no de aprendices.

Un silencio sepulcral siguió a sus palabras. Padre cogió entonces un odre de vino que había comprado en el pueblo y, recuperando la sonrisa, dijo en tono jovial:

–Ahora, amigos, bebamos para celebrar que mi hijo se ha convertido en un hombre libre.

Tras dar buena cuenta de las primeras jarras, entre chanzas y bromas, comenzamos a entonar con escasa armonía, pero gran entusiasmo, cantos juglarescos que pronto, a medida que el vino corría por nuestras gargantas, se convirtieron en obscenas tonadas tabernarias.

Luego, los compañeros se enzarzaron en una animada partida de dados y el vino siguió corriendo. No era la primera vez que bebía, pero nunca lo había hecho tan profusamente, de modo que no tardé en sentirme un poco mareado. Dado que no tenía dinero para jugar ni ánimo para hacerlo, me acomodé en el suelo contra unas losas. Sin pretenderlo, debí de quedarme dormido, pues me sobresalté al oír una voz diciéndome:

–¿Estás cansado, Telmo?

Parpadeé para espantar el sueño y descubrí que padre se había sentado a mi lado; tenía en el regazo una bolsa de cuero que sujetaba con ambas manos, como si fuera algo muy valioso. Los compañeros, entretanto, seguían enfrascados en la partida y el sonido de los dados corriendo por el tablero se mezclaba con las exclamaciones de los jugadores.

–El vino me ha dado sueño, padre –respondí–. Pero estoy bien.

–A beber también se aprende. Por ejemplo, nunca bebas en el trabajo, sobre todo si has de subir a un andamio –padre esbozó una sonrisa, mas no tardó en recuperar la seriedad–. Ahora que has sido aceptado como masón –prosiguió–, quiero preguntarte algo: ¿hasta dónde quieres llegar? ¿Cuál es tu meta?

–Quiero ser maestro constructor –repuse con presteza–. Un *lathomus*, como vos.

–Entonces debes comprender algo: posees un prodigioso talento para la escultura, pero lo importante de un edificio no son las imágenes que lo adornan, sino su estructura y sus proporciones. El secreto de la construcción reside en la armonía, y para desentrañar tal secreto es preciso dominar el álgebra, la geometría, el dibujo, la perspectiva, la forma en que se distribuyen los empujes y las cargas... –se encogió de hombros–. Todavía te queda mucho por aprender, Telmo, y si te dejas encandilar por tu habilidad con la talla, jamás lograrás ser un *lathomus*. ¿Lo comprendes?

Pese a mi embriaguez, supe que padre tenía razón. Él siempre decía que la paciencia es la mayor virtud de un constructor, pues solo con paciencia puede la débil carne dominar a la piedra. Asentí con la cabeza y padre sonrió, satisfecho. Luego, tras un breve silencio, me tendió la bolsa de cuero.

–Toma, es un regalo; por tu aniversario.

La bolsa, que pesaba mucho, produjo un tintineo metálico cuando cambió de manos. Al abrirla me quedé con la boca abierta, pues en su interior había un juego completo de herramientas. Cinceles, gradinas, gubias, punzones, mazos, una cresta de gallo para alisar la piedra, una escuadra, un compás, una plomada y un nivel, todos recién forjados, nuevos y resplandecientes. A padre debían de haberle costado una fortuna.

–Gracias... –musité, sin apartar los ojos de aquel tesoro.

–Es todo lo que necesita un francmasón para ejercer su oficio –padre me revolvió los cabellos–. Qué rápido has crecido –dijo con expresión soñadora–; parece que fuera ayer cuando te daba de comer sobre mis rodillas... –suspiró–. Hay algo de lo que no te he hablado, Telmo. ¿Sabes lo que es el *Tour*?

–No, ¿qué es?

–Una costumbre de nuestro gremio. Llegado el momento, los aprendices deben, durante al menos cinco años, ejercer su oficio en obras de diversas regiones y países. Los canteros francos, por ejemplo, han de trabajar en Lyon, Marsella, Burdeos, Nantes y Orleans antes de ser aceptados como compañeros.

–¿Por qué, padre?

–Porque ese periplo, el *Tour*, permite conocer variados estilos y técnicas, y aprender de grandes maestros.

–¿Vos lo realizasteis?

–Claro. Fue en Lyon donde conocí a tu madre. Precisamente allí trabajé a las órdenes del maestro Thibaud de Orly, el hombre del que lo aprendí todo.

Reflexioné unos instantes.

–¿Cuándo deberé emprender ese viaje? –pregunté.

—Aún eres muy joven —padre se incorporó en busca de una jarra de vino y agregó mientras se alejaba—: Dentro de unos años, ya veremos...

De modo que debería abandonar a mis padres y llevar una vida itinerante en el país de los francos... Con eso no había contado, mas, según mi padre, aún faltaban años para ello. Una eternidad, tal y como yo lo veía entonces. Así que acaricié mis nuevas herramientas y me olvidé por completo del *Tour*.

Lo que en aquel momento ignoraba es que no habría de transcurrir ni un año y medio antes de que me viera obligado a abandonar el reino de Navarra camino de Bretaña, para acudir a una cita en la que correría peligro no solo mi vida, sino también la salvación de mi alma.

2

Mi aventura se inició con la llegada de un misterioso jinete procedente de Francia... Pero no, me estoy adelantando, pues hubieron de transcurrir nueve meses entre el día de mi ingreso en la logia y ese momento.

Tras ser aceptado como aprendiz, mi trabajo en las obras de Santo Domingo varió sensiblemente. Dejé de transportar piedras y de preparar mortero y pasé a levantar muretes y cincelar sillares. A los pocos meses, mi padre me permitió tallar las filigranas del pórtico; labor tediosa, pero sin duda más acorde con mi pasión por la imaginería. Todos los días, al acabar la dura jornada de trabajo, me encerraba con mi padre en la logia y allí él se afanaba en instruirme en la ciencia de la construcción. Me enseñó que los edificios pueden diseñarse *ad triangulum* o *ad quadratum*, que el equilibrio entre las partes de una estructura se consigue aplicando la sección áurea, que el trazado de una iglesia está ligado a las proporciones del cuerpo humano, y otras mil cuestiones más que yo debía esforzarme en memorizar. Otto el germano, por su parte, me enseñaba latín y un poco de griego, y Perdigotto contribuyó a mi educación instruyéndome en el manejo de grúas y cabrias. Entretanto, yo no había abandonado, ni muchísimo menos, la práctica de la imaginería y dedicaba todo mi tiempo libre a esculpir pequeñas imágenes religiosas, sobre todo del apóstol Santiago, pues al encontrarse Estella en la ruta de peregrinos, lograba venderlas con facilidad en el mercado.

Pasaron los meses y llegó la festividad de Todos los Santos, iniciándose así el obligado descanso invernal de los constructores. Era costumbre que las obras se interrumpieran entre el uno de noviembre y el dos de febrero, Purificación de la Virgen, pues las heladas impiden que el mortero fragüe debidamente, haciendo imposible la labor de albañilería. No obstante, la inactividad no era completa, pues durante el invierno proseguían los trabajos de escultura que podían realizarse a cubierto. En contra de lo dicho por mi padre, siete meses después de ser aceptado en la logia comencé a tallar capiteles, primero los más sencillos, más tarde aquellos que, por estar ornados con imágenes, ofrecían mayor complejidad. Era una labor impropia de un aprendiz, pero ningún compañero me acusó de recibir trato de favor por ser hijo del maestro de obra, pues todos reconocían mi habilidad como imaginero.

Fue entonces cuando, a mediados de enero, llegó a Estella un jinete procedente de Francia. Entró en el burgo al atardecer y, sin detenerse a descansar, se presentó en nuestra casa y habló largamente con mi padre. Ignoro qué le dijo, pues se entrevistaron a solas y con mucho secreto, pero aquella misma noche tuvo lugar una solemne reunión de todas las logias de la villa, a la que yo, por ser un simple aprendiz, no fui invitado.

Reconozco que me intrigaba tanto misterio, pues ni mi padre ni los compañeros quisieron contarme nada, pero el jinete, que al parecer era un cantero de Burdeos, partió de regreso a Francia dos días después, así que no tardé en olvidar el incidente. Sin embargo, una semana más tarde, mientras cenábamos, padre nos sorprendió al anunciar:

—Debo ir a Compostela. Por asuntos del gremio.

Madre le miró con expresión preocupada.

—Es un viaje muy peligroso, León —protestó.

—¡Bah! He pasado media vida en los caminos.

—¿Y las obras? —pregunté—. Dentro de poco será la Purificación y habrá que reanudarlas.

—Este invierno está siendo muy frío; no creo que podamos volver al trabajo hasta bien entrado marzo. Además, a lo sumo estaré fuera un mes y medio. Entretanto, Jorge me sustituirá.

Sobrevino un largo silencio.

—Es por el compañero de Burdeos que vino hace unos días, ¿verdad? —dijo finalmente mi madre.

—Sí...

—¿Qué sucede, padre? —pregunté con alarma.

Él intentó tranquilizarme fingiendo una sonrisa.

—Nada que deba importarte, Telmo —contestó.

Pero sí que debía importarme, pues estaba escrito en el libro del destino que, de entre todos nosotros, yo fuera el que más iba a padecer las consecuencias de aquellos acontecimientos.

Padre partió hacia Compostela cuatro días después. Debería haber comprendido la relevancia de aquel viaje cuando supe que el Cabildo no solo no había puesto ninguna traba a que su maestro de obras abandonara el trabajo, sino que además había aportado el caballo y corrido con todos los gastos, pero entonces no le di importancia.

Seis semanas más tarde, padre regresó a Estella. Aún recuerdo su rostro cansado y serio cuando bajó de la montura frente a nuestro hogar. Besó a madre y me dio un abrazo, pero no nos contó nada de lo que había hecho. Aquella misma noche hubo una reunión en la logia a la que, como venía siendo costumbre, no pude asistir. Dos días después, los compañeros enviaron un emisario a Burdeos. Y ahí pareció acabar todo; aunque, en realidad, no había hecho más que comenzar.

Durante unos meses, las cosas volvieron a la normalidad. Las obras de Santo Domingo se reanudaron y padre pareció olvidar sus preocupaciones. Sin embargo, a comienzos de junio recibimos una nueva y sorprendente visita: el obispo de Pamplona se presentó en Estella escoltado por ocho soldados del Rey, sin séquito alguno. Pero lo más sorprendente fue que, en vez de entrevistarse con los miembros del Cabildo, con quien habló, y muy en secreto, fue... ¡con mi padre! Yo no sabía qué pensar. La vida en una villa, cuando no hay plagas ni guerra, suele ser muy monótona, pero últimamente estaban sucediendo demasiadas cosas extrañas. La última ocurrió al día siguiente, cuando Martín, el hijo menor de Nicefas, se presentó en la obra gritando:

–¡Vikingos, vikingos!

Según nos contó una vez que logró calmarse, había visto a tres feroces piratas vikingos entrando en la taberna de Yago. Supuse que eran invenciones de chiquillo, pues difícilmente podrían llegar vikingos a Estella, a menos que lograran remontar el río Ega con sus largos navíos *drakkar* –algo a todas luces improbable–; pero tanto insistió Martín que acabé por acompañarle a la taberna. Debo confesar que, cuando llegamos, me llevé la sorpresa de mi vida. Eran tres y estaban sentados a una mesa, bebiendo vino con rudos modales. Vestían jubones y calzas de cuero pardo, botas de caña alta y negras capas de lino. Todos portaban cuchillos al cinto.

Uno de los forasteros era enorme, el hombre más grande que jamás he visto. Mediría por lo menos cinco codos de altura, tenía los hombros anchos como un oso y debía de pesar once arrobas de puro músculo. Su pelo era casi blanco de tan rubio y lo llevaba recogido en una larga trenza. De su barba pendían numerosos aretes de hierro, que tintineaban con cada movimiento de cabeza. El hombre que se sentaba a su izquierda era exactamente todo lo contrario: bajo de estatura, delgado y moreno, llevaba el pelo corto y lucía una afilada perilla. Pese a su menudo tamaño, parecía fibroso y tenso, como un cepo a punto de saltar, y en la intensidad de su mirada se adivinaba una gran astucia. El tercer forastero era alto y fornido, aunque no tanto como el gigante de la trenza; tenía el pelo castaño, casi totalmente rapado, y una frondosa barba cortada en rectángulo. Una cicatriz le cruzaba el rostro en diagonal, desde la frente hasta el pómulo derecho.

Quizá no fueran vikingos, pero desde luego eran hombres del Norte –algo muy raro de ver por las tierras de Navarra– y, aunque se mostraban pacíficos, su apariencia era tan feroz que los parroquianos habían huido del establecimiento; e incluso Yago, el tabernero, servía a tan temibles clientes con palmario temor. Abandoné la taberna llevándome de la mano a Martín, que estaba convencido de que se avecinaba una matanza y no quería perdérsela, y regresé a la obra a tiempo de enterarme de que se había convocado, para después del atardecer, una nueva reunión de todas las logias del feudo. ¡Una reunión a la que asistiría el mismísimo obispo! Pero no los aprendices, por supuesto.

Aquella noche me quedé despierto hasta muy tarde, aguardando el regreso de mi padre, pues ya no me cabía la menor duda de que algo terrible estaba sucediendo; pero el sueño acabó por vencerme. Al día siguiente, cuando desperté, padre aún no había regresado a casa. Madre parecía preocupada, mas no hizo ningún comentario, así que me dirigí a la obra después del desayuno, para descubrir que tampoco en Santo Domingo había rastro de mi padre. Entré en la logia, me senté frente al banco de trabajo y comencé a tallar los ángeles que adornaban un capitel, aunque debo reconocer que mi mente estaba muy alejada de la labor que realizaban mis manos. Padre apareció en la obra poco antes del mediodía. Estaba tan serio y parecía tan cansado que no me atreví a preguntarle nada; pero no hizo falta, pues él mismo se aproximó a mí y, tras acariciarme la cabeza, me dijo:

–Acompáñame, Telmo. Debemos hablar.

Le seguí al exterior y me detuve a su lado cuando él se paró para contemplar el trabajo de los compañeros. Aparentemente abstraído en la labor de Perdigotto, que, subido a un andamio, estaba instalando un modillón en la cornisa del templo, padre me dijo:

–¿Recuerdas que te hablé del *Tour*, ese periplo que deben cumplir los aprendices francmasones?

–Sí...

–Pues ha llegado el momento de que lo realices, Telmo.

Durante unos segundos no pude articular palabra, tal era mi estupor.

–¿Debo irme? –logré musitar al fin–. ¿Cuándo?

Padre me contempló entonces largamente, con preocupación y tristeza, y anunció:

–Mañana mismo, antes de que despunte el sol.

Recuerdo que, tras la sorpresa inicial, sentí como si el suelo se venciera bajo mis pies y un abismo me tragara. De repente, de la noche a la mañana, debía dejar a mis padres y amigos, abandonar mi hogar y dirigirme, sin saber cómo ni por qué, a un destino incierto.

–¿Adónde iré? –inquirí con un hilo de voz.

–Al ducado de Bretaña, la antigua Armórica –repuso mi padre–. Se encuentra al noroeste de Francia. En Kerloc'h, una villa de la costa, están erigiendo una catedral y precisan constructores. El maestro de obras es Hugo de Gascuña, un buen amigo mío. Cuidará bien de ti.

–Pero... pero... –vacilé, sin saber qué decir–. ¿Por qué tan de repente?

–El viaje es largo y más vale emprenderlo ahora, en verano –hizo una pausa–. No obstante, Telmo, puedes negarte a ir.

¿Podía negarme? Con eso no había contado; mas estaba confuso y no lograba aclararme las ideas, así que repuse:

–Haré lo que vos digáis...
–No, Telmo, debes decidirlo tú –padre se acomodó sobre una pila de sillares y me invitó con un gesto a imitarle–. Tengo que contarte algo –prosiguió–. ¿Recuerdas que te hablé de Thibaud de Orly, mi maestro?
–Sí.
–Fue él quien comenzó la construcción de la catedral de Kerloc'h.
–¿No habíais dicho que el maestro se llamaba Hugo de Gascuña?
Mi padre sacudió la cabeza.
–Al parecer, Thibaud abandonó la construcción de la catedral hace año y medio, y propuso a Hugo, que también fue discípulo suyo, como su sucesor –hizo una larga pausa–. El problema es que desde entonces no se ha vuelto a saber nada del maestro Thibaud. Ha desaparecido.
–¿Desaparecido? –repetí tontamente.
–Sí, además de once compañeros francmasones –asintió padre–. Por lo visto, al dejar las obras de la catedral, Thibaud dijo que pensaban dirigirse a Compostela.
–¡Por eso fuisteis allí! –exclamé, comprendiendo al fin el motivo de aquel viaje–. ¡Buscabais a vuestro maestro!
–Así es. Pero en Compostela nadie ha sabido de él desde hace muchos años. Por otra parte, si Thibaud viajó de Bretaña a Compostela, tuvo que pasar por Estella, en cuyo caso me habría visitado.
–Quizá fue por mar –aventuré–. Y hubo un naufragio.
–De ser así, Thibaud debería haberse embarcado en Saint Nazaire o en La Rochelle, pero allí tampoco fue visto. No, Telmo, ha desaparecido.
Alcé las cejas, perplejo, y me encogí de hombros.
–¿Y qué tiene eso que ver conmigo, padre? –pregunté.
Él bajó la mirada y se frotó la nuca con gesto cansado.
–El maestro Thibaud es un hombre muy respetado dentro de nuestra fraternidad, Telmo, y ya hace casi un año que los francmasones le andamos buscando, sin dar con el menor rastro de su paradero. De hecho, pensamos que en realidad Thibaud nunca abandonó Bretaña, de modo que será preciso indagar allí. Ese es el auténtico motivo de tu viaje.
Sacudí la cabeza, sintiéndome cada vez más desconcertado.
–Pero ¿por qué yo, padre?

–No estarás solo, hijo; otros muchos, entre ellos Hugo de Gascuña, se encuentran ya en Bretaña buscando cualquier pista que pueda conducir al maestro. Pero tú posees una cualidad que puede permitirte llegar adonde otros no han podido –me miró con fijeza y agregó–: En Kerloc'h están buscando imagineros, Telmo; quieren a los mejores tallistas de la cristiandad.

Confieso que aquella revelación me llenó de orgullo, pues, aunque confiaba en mis habilidades, ignoraba que mi padre me incluyera entre los mejores de mi oficio. Sintiendo cada vez más entusiasmo ante la idea de emprender aquel largo viaje y embarcarme en la aventura de buscar al perdido maestro Thibaud, me puse en pie de un salto y proclamé:

–¡Contad conmigo, padre! ¡Iré a Bretaña!

Él, ajeno a mi alborozado optimismo, prosiguió:

–Aguarda, Telmo, que aún no te lo he contado todo. Hay alguien más interesado en Kerloc'h y en su catedral: el Papa.

–¿El Papa? –repetí, sorprendido–. ¿Qué interés puede tener el Papa en un masón perdido?

–Ninguno. No es la desaparición del maestro Thibaud lo que preocupa a Roma, sino lo que está sucediendo en Kerloc'h.

–¿Y qué está sucediendo?

Mi padre se encogió de hombros.

–Ya sabes que el obispo se encuentra en Estella y que ayer hablé con él. Según el monseñor me reveló, en esa villa de la Bretaña vienen sucediendo desde hace tiempo cosas insólitas. No contó mucho, pero me dejó ver que se trata de algo relacionado con la construcción de la catedral –respiró profundamente–. Sospecho, Telmo, que si vas a Kerloc'h puedes correr peligro.

Desvié la mirada y contemplé el trajín de los compañeros en torno al templo de Santo Domingo. Lo que me había contado mi padre era extraño, pero también impreciso. Hablaba de amenazas indefinidas e inciertas desapariciones, mas todo resultaba vago y yo no advertía en sus palabras ningún peligro concreto. Por otro lado, la promesa del viaje y la aventura se había instalado en mi ánimo como un huésped caprichoso, inundándome de un entusiasmo al que yo no podía resistirme.

–Iré a Kerloc'h, padre –dije con decisión–, e intentaré averiguar qué le pasó al maestro Thibaud. En cuanto a mi seguridad, no os preocupéis, pues ya soy mayor y sé cuidar de mí mismo.

Padre me miró con tristeza y preocupación, como si en el fondo de su corazón siguiera viendo en mí a un niño y no me creyera capaz de sobrevivir más allá de su tutela. Se incorporó con cansancio, suspiró y me dijo:

–Como quieras, Telmo; pero recuerda que puedes cambiar de idea en cualquier momento. Como te he dicho antes, partirás mañana al amanecer, pero no lo harás solo. Han llegado a Estella unos compañeros francmasones, procedentes de la frontera con Al-Andalus, que también se dirigen a Bretaña. Viajarás con ellos. Ahora sígueme, pues quiero presentártelos.

Mi padre echó a andar hacia la villa y yo fui tras él. Recorrimos en silencio las ahora bulliciosas calles, sorteando los puestos de alimentos, cacharrería y ropas que salpicaban la plaza mayor. Olía intensamente a heno y a estiércol. A lo lejos sonaban los acordes de una cítara y la voz de un juglar entonando una vieja canción. Un grupo de peregrinos, todos adornados con las veneras de Santiago, combatían los rigores del estío refrescándose en una fuente. Creo, aunque no estoy seguro, que durante aquel trayecto contemplé las familiares calles de Estella como si jamás fuera a volver a verlas.

Rodeamos la iglesia de San Juan Bautista y nos dirigimos a la casa del párroco, situada justo detrás del templo. Cruzamos la puerta sin llamar y entramos resueltamente. Entonces, mi padre se echó a un lado y, señalando con un ademán a los tres hombres que se encontraban en el interior, dijo:

–Estos serán tus compañeros de viaje, Telmo.

Exhalé una bocanada de aire y no sé qué abrí más, si la boca o los ojos, porque aquellos hombres eran los tres vikingos que el día anterior había visto en la taberna de Yago.

Aunque, finalmente, los forasteros resultaron no ser vikingos. Ah, sí, eran hombres del Norte, su aspecto no dejaba lugar a dudas; procedían de Dinamarca y, según dijo mi padre, llevaban varios años en Castilla y Portugal, construyendo fortalezas para las guerras contra los árabes.

El gigante de los aretes de hierro se llamaba Gunnar Aggensen y, aparte de su lengua natal, apenas hablaba un poco de castellano y francés. Su compañero, el forastero menudo de ojos vivaces, era natural de Islandia y dijo llamarse Loki. El tercer normando tenía por nombre Erik de Viborg y, aunque nadie le presentó como tal, parecía el jefe de los otros dos. Se expresaba con fluidez en lengua franca y, pese a la terrible cicatriz que le sesgaba el rostro, era un hombre amable. En conjunto, aquellos tres daneses, más allá de su fiero aspecto, parecían amistosos. Pero, desde luego, no parecían constructores.

–¿Estáis seguro de que son francmasones? –le pregunté a padre en un aparte.

Se encogió de hombros y arqueó las cejas, como si en el fondo abrigara tantas dudas como yo.

–Eso afirman –dijo–. En cualquier caso, me habló de ellos el obispo, así que supongo que son de confianza.

Conversamos un rato, sobre todo con Erik, pues Gunnar y Loki no tardaron en desentenderse de nosotros. Tras unos minutos de charla intranscendente, mi padre le preguntó por las obras en que habían trabajado. El danés dijo vagamente que habían estado en Toledo, en Andújar, en Alcobaça y en otros muchos lugares, pero en seguida cambió de tema, pasando bruscamente a comentar los planes para nuestro viaje.

–Seguiremos la ruta de los peregrinos hasta Burdeos –dijo–, pasando por Roncesvalles y Ostabat. Luego tomaremos el camino de la costa, y al llegar a Nantes giraremos hacia el noroeste, adentrándonos en Bretaña. Si no surgen complicaciones, tardaremos menos de un mes en llegar a Kerloc'h.

–¿Iremos a caballo? –dije, sorprendido.

–Claro –respondió el danés, como si fuera la cosa más natural del mundo.

Me pregunté interiormente cómo era posible que unos simples canteros pudieran permitirse el lujo de poseer monturas, pero en vez de plantear tal cuestión inquirí:

–¿Habrá peligro? Durante el viaje, quiero decir...

Inesperadamente, al oír mis palabras, Erik y Loki prorrumpieron en un estruendoso acceso de carcajadas. Gunnar dijo algo en su idioma y ellos le contestaron igualmente en danés, imagino que traduciéndole mi pregunta. El gigante rompió a reír entonces, batiendo con el puño la mesa de madera frente a la que estaba sentado –que crujía ante cada golpe como si fuera a saltar en pedazos–, y los tres estuvieron un rato riéndose a mandíbula batiente.

–Verás, muchacho –dijo al fin Erik, mientras sorbía por la nariz y se secaba las lágrimas con el dorso de la mano–; teniendo en cuenta que el camino está infestado de bandidos, y que al ir por la costa es muy probable que tropecemos con piratas, y que cruzaremos zonas donde se producen continuas escaramuzas entre ingleses y francos, teniendo en cuenta todo eso, sí, correremos ciertos riesgos. Pero si además piensas que Bretaña es una zona muy boscosa y salvaje en la que, según las habladurías, abundan los trasgos y los demonios, comprenderás que nuestro viaje no será, precisamente, un camino de rosas. No obstante, estoy seguro de que la Divina Providencia nos permitirá llegar a Kerloc'h sanos y salvos.

Mi padre frunció el ceño, molesto quizá por la excesiva franqueza del danés, y me pasó un brazo por los hombros.

–No te preocupes –dijo en tono tranquilizador–; ellos cuidarán de ti.

El rostro de Erik se tornó repentinamente serio.

–Así es, maese Yáñez –dijo–; cuidaremos de Telmo como si fuera nuestro propio hijo –sonrió de nuevo–. Ahora debemos ocuparnos de adquirir las vituallas necesarias para el viaje. Nos reuniremos mañana frente a la iglesia de San Juan Bautista, una hora antes del amanecer.

3

Madre pasó toda la noche llorando a causa de mi partida. Lo sé porque yo tampoco pude conciliar el sueño –excitado como estaba por la inesperada aventura en que me iba a embarcar–, y en la oscuridad de nuestro hogar podía escuchar sus sollozos y las quedas palabras de consuelo que le dirigía padre.

Nos despertamos un par de horas antes del amanecer. Madre sirvió el desayuno sin dejar de llorar, y llorando me entregó un chaquetón de cuero forrado de lana que había comprado para mí en el mercado, pues, según dijo, los rigores del invierno eran en Bretaña muy intensos. Luego me abrazó y me besó, me suplicó que tuviera mucho cuidado y me aseguró que mantendría constantemente encendido un cirio en el altar de san Nicolás, patrón de los viajeros, para que iluminara con su luz mi caminar.

Padre había ensillado mi montura –el mismo caballo que usó para su viaje a Compostela–, y yo guardé en las alforjas mis escasas pertenencias: algo de ropa, una manta y, por supuesto, mis herramientas de masón, la más preciada de mis posesiones. Luego, tras besar de nuevo a mi desolada madre, partí junto a padre en dirección a la iglesia de San Juan Bautista y, aunque llegamos con veinte minutos de antelación a la cita, allí encontramos a los tres daneses.

–Buenos días, maese Yáñez e hijo –nos saludó Erik.

Apenas logré responderle, pues al ver sus monturas me había quedado sin habla. No eran corceles vulgares como el mío, sin raza ni apenas brío, sino tres enormes caballos sajones cuya talla hasta la cruz era la de un hombre alto: unos animales increíblemente musculosos y de pesados cascos. Una vez más me pregunté qué clase de canteros eran esos hombres del Norte.

–Ya que le hemos hurtado horas al sueño madrugando tanto –terció Loki–, mejor será que nos pongamos en marcha cuanto antes, ¿no os parece?

Asentí distraído, con la mirada todavía fija en los inmensos caballos, pero entonces padre nos interrumpió con un gesto y, tomándome del brazo, se alejó unos pasos de los daneses, hasta detenerse junto al cerrado pórtico de la iglesia. Durante unos segundos guardó silencio, como si le costara encontrar las palabras adecuadas para hablarme; luego, puso una mano sobre mi hombro y me dijo:

–Quería mantenerte alejado de la escultura para que esa habilidad tuya no estorbara tu aprendizaje, y ahora yo mismo te estoy animando a que ejerzas de imaginero en un remoto lugar –suspiró–. Pero supongo que un hombre no puede escapar a su destino, y que si la naturaleza te dotó de un don tan prodigioso ha de ser por alguna razón –guardó unos segundos de silencio y agregó–: Además, debes saber que el obispo insistió mucho en que fueras a Kerloc'h.

–Pero si no me conoce –repuse sorprendido–. ¿Por qué quiere el obispo que yo vaya a Bretaña?

–No lo sé, pero ten por seguro que puso mucho empeño en ello –padre sacó del bolsillo un pequeño rollo de pergamino y me lo entregó–. Esto es una carta de presentación para Hugo de Gascuña –explicó–, el maestro constructor de la catedral de Kerloc'h, un buen hombre y viejo amigo mío; te tratará bien –vaciló unos instantes–. Hay algo más, hijo: en Kerloc'h deberás encontrarte con cierta persona que, secretamente, actúa en nombre del Papa.

¿Iba a tener tratos con un enviado del Papa? Aquello era cada vez más desconcertante.

–¿Quién es? –pregunté.

–No lo sé. En su momento, él se identificará ante ti con una palabra clave: «Trismegistos».

–Trismegistos –repetí, memorizando el extraño vocablo.

Padre asintió y, tras desprender del cinto una bolsa llena de monedas, me la entregó.

–Esto es para tus gastos –dijo–, hasta que llegues a Bretaña y cobres el primer salario –vaciló brevemente y luego me abrazó con fuerza al tiempo que me susurraba al oído–: Cuídate mucho, Telmo, y recuerda que eres un hombre libre y puedes regresar con nosotros cuando quieras.

Dicho lo cual, se apartó bruscamente –turbado quizá por el sentimentalismo de su gesto– y me indicó con un cabeceo que partiera. Los tres daneses habían subido ya a sus enormes monturas y me aguardaban con aire paciente, de modo que monté en mi caballo y me uní a ellos. Erik de Viborg se despidió de mi padre asegurándole que cuidarían de mí y espoleó a su corcel, que, con un nervioso relincho, se puso en marcha hacia la salida de la villa. Mientras nos alejábamos, me volví para despedirme de padre agitando la mano. Él me devolvió el saludo con tristeza, y siguió haciéndolo mientras su figura se empequeñecía en la distancia hasta fundirse con la oscuridad de la noche.

Marchábamos en fila, ocupando yo el último lugar; el batir de los cascos de nuestras monturas poblaba de ecos el silencio reinante en las casi desiertas calles de Estella. Los escasos viandantes que encontramos a nuestro paso nos contemplaron con perplejidad y recelo, como si fuéramos una aparición, e idéntica mirada nos dedicaron los centinelas cuando cruzamos la muralla. Poco después, alcanzamos el camino de peregrinos y viramos hacia el noreste, en dirección a Puente la Reina.

El cielo comenzaba a clarear en el horizonte, preludiando el amanecer, y una fresca brisa me acariciaba el rostro. Haber comenzado ya aquel largo viaje me causaba una gran excitación, pues aunque desde mi más tierna infancia había estado deambulando por los caminos, según las contratas de padre, jamás traspasé las fronteras de Castilla y Navarra, de modo que aquel periplo hacia el lejano ducado de Bretaña se me antojaba lo más lejos que podía llegar en mi vida; y no estaba muy errado, pues en aquel lejano país se hallaba, como en Galicia, el final de la tierra conocida.

Mis compañeros de viaje no hablaban mucho y cuando lo hacían solía ser entre ellos, en su incomprensible idioma. Erik marchaba en cabeza, silencioso, con la mirada siempre fija en las lindes del camino, como si sospechara que algún peligro pudiera acecharnos entre las frondas. Gunnar, por su parte, canturreaba con frecuencia vigorosas baladas de su tierra y, aunque yo no podía entender la letra, me sorprendió descubrir que el gigante, pese a su tosco aspecto, poseía una bien entonada voz. En cuanto a Loki, mantenía una actitud distante y socarrona, como si la vida fuese para él una broma que no hay que tomar muy en serio.

–¿Hasta dónde llegaremos hoy? –le pregunté a Erik.

—Haremos noche en Pamplona —respondió.

Pamplona quedaba a ocho leguas de Estella; iba a ser una larga jornada. Dado que estaríamos mucho tiempo juntos, decidí mostrarme amigable y, de paso, averiguar algo más acerca de aquellos hombres.

—Me preguntaba, señor de Viborg —dije en tono casual—, cuál sería vuestra especialidad. ¿Os dedicáis a la cantería, a la albañilería, o quizá...?

—Apea el tratamiento, Telmo —me interrumpió—. Puedes llamarme por mi nombre.

—Bien, Erik; entonces tu especialidad...

—Somos compañeros, ¿no es cierto? —prosiguió él sin hacerme caso—, y entre compañeros las formalidades sobran.

—Claro, pero...

Gunnar comenzó entonces a cantar a voz en cuello, no tardando en sumarse Erik y Loki a la canción. Refrené mi montura y, resignado, volví a situarme en el último lugar de la fila.

A mediodía atravesamos Puente la Reina, la villa donde se unían las dos vertientes del camino: la aragonesa, que pasaba por Jaca, y la navarra, que fue la que tomamos al dirigirnos hacia Pamplona. Durante el estío, la afluencia de peregrinos se incrementaba mucho, y constantemente nos cruzábamos con grupos de caminantes, algunos muy numerosos, que se dirigían a Compostela bajo un sol abrasador. Aquella gente procedía de mil lugares distintos —Italia, Francia, Inglaterra, Bohemia, Hungría... La cristiandad entera estaba representada en el camino—, y yo me dije que hacía falta mucha fe para abandonar el hogar y recorrer cientos de leguas, mas luego caí en la cuenta de que yo mismo me había embarcado en una especie de peregrinación al revés, alejándome con cada paso de la tumba del apóstol. Pero si la recompensa por viajar a Compostela era obtener la gracia de Dios, ¿cuál sería el premio de una peregrinación inversa?

Llegamos a Pamplona al atardecer. La ciudad parecía un hervidero de gente, pues era día de mercado y los puestos de venta abarrotaban las calles que rodeaban la catedral. Un titiritero, rodeado por una multitud de curiosos, hacía volatines, mientras que los mercaderes ofertaban sus productos a gritos y las prostitutas tentaban a los forasteros desde los ventanales de las mancebías. Decenas de peregrinos pugnaban por obtener amparo en la repleta hospedería de San Miguel. La atmósfera estaba impregnada de un fuerte hedor a orín y a estiércol, a sudor y vino barato.

Conforme nos adentrábamos en la ciudad, la muchedumbre se abría ante nosotros con presteza, esquivando los poderosos cascos de los caballos sajones, de modo que no tardamos en llegar a la plaza, lugar donde descabalgamos para aprovisionarnos de pan, vino y queso fresco. Pamplona estaba dividida en tres barrios: la Navarrería y los burgos de San Cernín y San Nicolás, cuyos habitantes eran inmigrantes francos. Al parecer, las relaciones entre francos y navarros no eran todo lo amistosas que sería deseable, y constantemente surgían conflictos. Durante el escaso tiempo que pasé en la plaza fui testigo de tres peleas, una de ellas a garrotazos, y percibí un gran resquemor entre nativos y recién llegados. Según había oído decir, seis años antes tuvo lugar una gran matanza, y las cosas no parecían haber mejorado mucho desde entonces.

Una vez adquiridas las vituallas, volvimos a montar en nuestros caballos y, tras bordear la muralla y cruzar el río Arga, abandonamos Pamplona por el camino que conducía a Roncesvalles. El sol comenzaba a ocultarse en el horizonte.

–Oscurece –observé–. ¿No íbamos a pasar la noche en Pamplona?

–Nos instalaremos en esos cerros de ahí delante –señaló Erik con un cabeceo.

–Pero en la ciudad podríamos dormir en una fonda...

–No me gustan las ciudades –dijo el danés, zanjando así la cuestión, y agregó–: Están llenas de ratas y ladrones, apestan y son ruidosas. Prefiero dormir al aire libre.

De modo que emplazamos el vivaque bajo un enorme roble, extramuros de Pamplona, y prendimos una pequeña fogata en la que tostamos el pan, y en torno a la cual procedimos a compartir nuestra cena. Loki se había sentado a mi lado y mordisqueaba con aire distraído un trozo de queso. Le miré de reojo y pregunté:

–¿Solo te llamas Loki? ¿No usas segundo nombre?

–En realidad me llamo Skjalag Snaefjöll –contestó–. Lo de Loki es un apodo.

–¿Skja...? –me trabuqué con tanta consonante junta y comprendí que jamás lograría pronunciar aquel nombre–. Bueno, Loki –proseguí–, ¿a qué trabajos te dedicas? Los canteros suelen ser más fornidos, así que tu especialidad debe de ser la carpintería o la talla, ¿me equivoco?

Loki me dedicó una sonrisa zorruna e, ignorando mis preguntas, inquirió a su vez:

–¿Sabes por qué me llaman Loki?

Negué con la cabeza, comprendiendo que una vez más fracasaban mis intentos de averiguar algo sobre aquellos hombres.

–En la vieja religión de nuestros antepasados –prosiguió el pequeño danés–, el dios supremo era Odín, el cual tenía dos hijos. Uno se llamaba Thor, el dios del trueno, y era grande, fuerte, pesado y lento –sonrió con ironía–. Como Gunnar. El otro se llamaba Loki y carecía del tamaño y la musculatura de su hermano, pero era mucho más inteligente y astuto, y siempre lograba vencer a Thor. Por eso me llaman Loki, porque soy tan rápido, listo y artero como él.

–Y no mucho mayor que una cagada suya –terció Gunnar con torpe acento.

El gigante comenzó a proferir grandes risotadas. Loki lo contempló con el ceño fruncido, cogió del suelo un guijarro del tamaño de un huevo, lo sopesó en la mano y dijo:

–Pero tan certero como una de sus meadas.

Acto seguido, lanzó la piedra contra Gunnar, con tal puntería que le alcanzó justo en medio de la frente, provocándole una pequeña brecha. El gigante enmudeció, se llevó una de sus grandes manazas a la cabeza y contempló con incredulidad la sangre que le enrojecía los dedos. Por un instante pensé que Gunnar iba a desatar su ira, algo muy preocupante tratándose de un hombre de su tamaño y fuerza, pero en vez de ello se echó a reír alegremente, mezclando sus carcajadas con las de Loki. Incluso Erik, que se había mantenido al margen, dio rienda suelta a su hilaridad.

Suspiré. Entre aquellos normandos existía una gran camaradería, pero su sentido del humor era un tanto tosco. En cualquier caso, de nuevo no había podido sonsacarles nada, y una vez más me pregunté quiénes eran en realidad.

Aquella noche ni siquiera podía sospechar que la respuesta a esa pregunta habría de llegarme tan solo dos días más tarde, de una forma terrible y sangrienta.

4

Reanudamos la marcha mucho antes del amanecer y viajamos sin apenas descansos durante todo el día. Nos aproximábamos a las montañas y el terreno se volvía cada vez más escarpado, lo cual tornaba penoso nuestro avance y extenuaba a los caballos. Casi había oscurecido cuando llegamos a una posada llamada Venta del Puerto —aunque no se encontraba en lo alto del monte Cize, sino en sus faldas—, que debió de parecerle a Erik suficientemente limpia y tranquila para su gusto, pues no puso objeciones a pasar la noche allí.

Aneja al edificio principal, la posada contaba con una taberna donde se servían bebidas y comida, y allí nos dirigimos tras dejar nuestras monturas en las cuadras. Se trataba de un barracón de madera tan torpemente construido que el viento se colaba por entre las junturas de las tablas como si no hubiera paredes. En el interior, bajo la luz de los candiles de sebo, podían verse varias mesas rodeadas de taburetes, un mostrador donde el tabernero servía vino, sidra o cerveza, y un hogar sobre el que pendía un caldero de hierro, dentro del cual bullía un potaje de berzas con carne que una criada revolvía parsimoniosamente.

Nos sentamos a una mesa y la posadera sirvió con diligencia unos cuencos de potaje, pan y cerveza. Mientras daba cuenta de la cena, observé a los parroquianos que me rodeaban: cuatro hombres, peregrinos a juzgar por las veneras que ornaban sus capas, comían en silencio a mi derecha; un poco más allá, compartían mesa dos tratantes de ganado y un mercader de paños, y a mi izquierda se situaba el grupo más ruidoso y alborotador, una cuadrilla de diez segadores cuyo jefe, un tipo sucio y mal encarado, decía llamarse Folco.

Sucedió que, tras la cena, los tratantes y el mercader comenzaron a jugar a los dados, no tardando en sumarse el pendenciero

Folco a la partida. Loki observó durante un rato a los jugadores y luego, con una sonrisa aviesa en los labios, se aproximó a ellos, solicitando participar en el juego. Advertí que Erik torcía el gesto, pero no dijo nada, así que nos dedicamos a beber en silencio unas jarras de vino caliente, para entonar el cuerpo.

–Deberíamos recogernos –comentó Erik al cabo de un rato–. Mañana hay que levantarse temprano.

–Viajamos muy rápido –dije–. ¿Tanta prisa tenemos por llegar a Bretaña?

–Sí, la tenemos.

–¿Por qué? Las obras de Kerloc'h no concluirán antes de nuestra llegada. Una catedral no se construye en un día.

El danés contempló distraído el discurrir de la partida de dados. Al parecer, Loki estaba ganando la mayor parte de las apuestas, lo cual provocaba un silencioso desánimo en los comerciantes y una ruidosa irritación en el tipo llamado Folco.

–Hay muchas razones para llegar lo antes posible a Kerloc'h –dijo al fin Erik–. Pero sobre todo pretendo cruzar los Pirineos rápido. Las montañas están llenas de peligros y...

Un repentino grito interrumpió sus palabras:

–¡Estás haciendo trampas!

Volví la mirada. Folco se había puesto en pie y, con el rostro congestionado de ira, se enfrentaba a Loki, que permanecía tranquilamente sentado en su taburete. Me di cuenta de que Folco llevaba una espada corta al cinto y, lo que era aún peor, que sus nueve compañeros se habían incorporado a su vez, prestos a entrar en acción.

–Loki tiene problemas –susurré.

Erik sacudió la cabeza.

–No, quien tiene problemas es ese tipo tan ruidoso.

–Pero son diez contra uno... –protesté.

–Diez contra uno no lucha muy desigual –terció Gunnar, sonriente.

–No para Loki –asintió Erik mientras daba un distraído sorbo a su bebida.

Me sorprendió la indiferencia que los daneses mostraban hacia la comprometida situación de su amigo, así que guardé silencio y presté atención a la escena que tenía lugar en la mesa de juego. Folco, puesto en pie, se inclinaba amenazador sobre Loki, que parecía tremendamente pequeño y frágil al lado del pendenciero jefe de los segadores, si es que realmente eran segadores, cosa que empezaba a dudar.

–¡Devuélveme mi dinero, bastardo! –gritó Folco.

Loki sonrió con desenfado.

–Ese dinero te lo he ganado en buena lid –repuso tranquilamente–. Si quieres recuperarlo, habrá de ser probando suerte con los dados, no a base de gritos e insultos.

–¡Dame lo que me has robado! –berreó Folco, un tanto desconcertado al advertir que su adversario, pese a ser mucho más pequeño que él, no mostraba ningún temor–. ¡Eres un maldito tramposo!

Loki negó con la cabeza.

–No he hecho trampas –dijo lentamente–, ¿y sabes por qué? –una sonrisa burlona se dibujó en sus labios–. Porque no necesito hacerlas para ganar a un gañán tan estúpido como tú.

Folco abrió desmesuradamente los ojos al encajar el insulto. Los comerciantes se apartaron raudos de la mesa de juego y los nueve supuestos segadores avanzaron unos pasos, prestos a entablar pelea. De repente, Folco profirió un bramido, volcó la mesa de un manotazo, desenvainó su espada y la descargó contra Loki. Todo esto sucedió con inusitada rapidez, pero aún más veloz fue el pequeño danés, que se incorporó de un salto, dio un paso atrás para eludir el tajo y, simultáneamente, trabó con un pie el taburete sobre el que había estado sentado, lanzándolo de una patada contra el rostro de su atacante. Folco alzó instintivamente los brazos para protegerse del golpe y ese descuido bastó para que Loki se abalanzara sobre él, al tiempo que en su mano derecha centelleaba un brillo metálico.

La acción duró apenas un parpadeo, demasiado poco para poder describirla con detalle, y de pronto advertí, anonadado, que Folco se hallaba inmóvil, los ojos transidos de terror y la espada suspendida en el aire, contemplando con incredulidad el enorme cuchillo cuyo filo Loki mantenía apretado contra su garganta. Los nueve compinches de Folco, entretanto, permanecían petrificados, estupefactos por el desenlace del enfrentamiento. Un silencio de piedra se había abatido sobre la taberna.

–Suelta la espada –susurró Loki con una voz tan gélida que incluso a mí me dio miedo.

El arma produjo un tintineo metálico al rebotar contra el suelo.

–Buen chico –prosiguió el danés–. Y ahora, di a tus amigos que se larguen.

Folco tragó saliva y gritó:

—¡Marchaos!

Sus compinches se miraron entre sí y, tras unos segundos de desconcierto, obedecieron la orden de su jefe. Una vez que el último de ellos hubo cruzado la puerta, Loki apartó a Folco de un empujón y enfundó su cuchillo.

—Lárgate —le dijo—. Apestas.

Demudado, Folco abandonó a toda prisa la taberna. Los parroquianos, repuestos del sobresalto, regresaron a sus asientos y se pusieron a comentar en tono animado el incidente. Loki recogió del suelo su dinero y regresó a nuestro lado.

—¿Tenías que llamar de ese modo la atención? —le espetó Erik con enfado—. Se supone que debemos pasar inadvertidos.

—Él ha comenzado —se encogió de hombros Loki—. Además, no le he matado.

—Mal hecho —sentenció Gunnar—. Debiste rebanar garganta suya. Enemigo perdonado, doble enemigo.

Erik dio un palmetazo sobre la mesa y comenzó a hablar en su idioma. Ignoro lo que dijo, pero, por el tono que empleó, deduje que estaba reprendiendo severamente a sus compañeros. Al terminar el incomprensible discurso, vació de un trago su jarra de vino, se incorporó y dijo:

—No quiero más líos; vámonos a dormir.

Pese a lo cansado que estaba, aquella noche me costó mucho conciliar el sueño. Los sucesos acaecidos en la taberna me habían impresionado tanto que no podía dejar de repasarlos en mi memoria. Loki se había enfrentado a diez hombres y había salido airoso del combate. Aunque, en realidad, no hubo combate alguno, pues el pequeño danés parecía haber controlado la situación en todo momento. ¿Qué clase de constructor podía hacer algo así? Pero no era eso lo que más me intrigaba, sino las palabras que pronunció Erik al concluir la pelea: «Se supone que debemos pasar inadvertidos». Era desconcertante.

¿Por qué unos simples canteros querían pasar inadvertidos?

Al día siguiente nos levantamos al amanecer, lo cual no dejó de extrañarme, pues hasta entonces siempre habíamos reanudado la marcha antes del alba. Le pregunté la razón a Erik y él, lacónico, me contestó que prefería atravesar las montañas con luz. No obstante, la seriedad de su expresión reveló que algo le preocupaba.

Tras desayunar gachas y cerveza, ensillamos los caballos y cargamos en ellos nuestra impedimenta. Los tres normandos llevaban grandes alforjas, muy pesadas, y unos largos bultos envueltos en arpillera que portaban a ambos lados de las sillas. Partimos con las primeras luces del alba, rodeados por una fría neblina que fue disipándose conforme el sol se alzaba en el cielo. El camino serpenteaba por la montaña, siempre hacia arriba, sorteando barrancos y simas, lo cual nos obligaba a marchar despacio, dosificando las fuerzas de nuestras monturas. Viajábamos en total soledad, pues los peregrinos debían de estar en aquel momento remontando el puerto por la otra vertiente, y nadie hablaba, ya que había algo opresivo en aquel profundo silencio, como si una amenaza imprecisa se cerniese sobre nosotros. Una amenaza que se materializó cuando apenas faltaban un par de leguas para llegar a Roncesvalles.

Ocurrió mientras atravesábamos un bosquecillo de abetos. El sendero, rodeado por una frondosa vegetación, describía una pronunciada curva a la izquierda, para convertirse acto seguido en una cuesta muy empinada. Justo cuando empezábamos a subirla, nos sobresaltó el aleteo de unas urracas; de pronto, diez hombres surgieron de las frondas y se interpusieron en nuestro camino. Eran Folco y sus compinches. Siete de ellos portaban hachas y garrotes; los otros tres empuñaban arcos de caza, con las cuerdas tensas y las flechas apuntando a los daneses.

—Vaya, vaya —comentó Folco con aire arrogante—. Parece que volvemos a encontrarnos.

Erik hizo que su montura avanzara unos pasos y adoptó una expresión amistosa.

—No queremos problemas —anunció—. Si lo que deseas es recuperar el dinero que te ganó mi amigo, descuida: te lo entregaré yo mismo.

Folco rio por lo bajo, tan satisfecho como seguro de sí mismo.

—Resulta que anoche, en la taberna —dijo—, vuestro amigo me ofendió gravemente, y eso exige una compensación. Digamos que quiero mi dinero, sí, pero también el vuestro, y vuestras pertenencias, y vuestras monturas. Todo lo que tengáis.

Erik suspiró con pesadumbre.

—Mucho me temo —respondió— que pedís demasiado.

–Ya me barruntaba que no os mostraríais razonables –Folco sonrió de oreja a oreja y, como de pasada, ordenó a los arqueros–: Matadlos.

Supongo que ser un inofensivo muchacho me salvó la vida, pues ninguno de aquellos bribones me prestaba la menor atención, preocupándose tan solo de los adultos que me acompañaban. Nada más oír la orden de Folco, los arqueros dispararon sus arcos y las tres flechas surcaron vertiginosamente el aire, buscando los corazones de los daneses... Y entonces sucedió algo increíble: en vez de hincarse en la carne, las saetas rebotaron contra sus cuerpos y cayeron inofensivamente al suelo. Me quedé con la boca abierta, e igualmente asombrados se mostraron Folco y los demás asaltantes, inmóviles como piedras mientras intentaban asimilar aquel portento.

Por el contrario, los tres daneses no tardaron ni un segundo en reaccionar. Loki, repentinamente, hizo aparecer en sus manos sendas dagas de doble filo –ignoro de dónde las sacó– y las arrojó a la vez contra dos de los arqueros, que se derrumbaron heridos de muerte. Gunnar, entretanto, había sacado de su equipaje un hacha de guerra y cargó contra el tercer arquero, que intentaba apresuradamente montar otra flecha en el arco. Gritando a pleno pulmón «¡Baussant!», el gigante descargó su arma y prácticamente partió por la mitad el torso del hombre. Al mismo tiempo, Erik extraía de uno de los largos bultos que portaba en la silla una enorme espada y, esgrimiéndola, espoleó su caballo contra los bandidos. El primer tajo cercenó limpiamente la cabeza del desconcertado Folco; el segundo abrió en canal a su compinche más cercano.

Y ahí finalizó todo. Los restantes ladrones, advirtiendo que no solo habían perdido a su jefe, sino que además sus fuerzas se habían visto reducidas a la mitad en apenas unos segundos, dieron media vuelta y huyeron a la carrera, desapareciendo a toda prisa entre las frondas.

Los daneses descendieron en silencio de sus monturas. Loki se aproximó a los dos arqueros que había matado y recuperó sus dagas, arrancándolas con brusquedad de los cadáveres. Gunnar limpiaba, entretanto, el filo de su hacha en la túnica de uno de los bandidos muertos, e igual hacía Erik con la sangre que bañaba la hoja de su espada. Yo bajé lentamente de mi montura y contemplé, anonadado, el escenario de la pelea, y vi con horror los ensangrentados cadáveres, las vísceras humeando al sol, los yertos ojos, la carne rasgada..., y de pronto mis pupilas se centraron en la decapitada cabeza de Folco, que allí, sobre la tierra, aún mostraba un rictus de confusión e incredulidad. Súbitamente, una arcada me sacudió el cuerpo y comencé a vomitar a la orilla del camino. Erik se aproximó rápidamente y me sujetó por los hombros.

–Pobre muchacho –murmuró–. Nunca has contemplado algo así, ¿verdad?

En fin, yo había visto más de un cadáver: personas muertas por accidente o enfermedad, e incluso había presenciado un par de ahorcamientos; pero jamás en toda mi vida fui testigo de una carnicería semejante. Me limpié los labios con la manga del jubón y volví la mirada hacia Erik.

–No... no sois francmasones... –balbucí.

Sin decir nada, Erik me condujo frente a un roble que se alzaba unos pasos más allá. Advertí que todavía llevaba su arma en la diestra y durante unos instantes temí que fuera a matarme, pero en vez de hacer tal cosa, el danés clavó la espada en el suelo y se arrodilló frente a ella, invitándome con un ademán a imitarle.

–Recemos, Telmo –dijo–. Roguemos a Nuestro Señor Jesucristo por la salvación de esos bandidos, y oremos también por nuestras almas, pues hoy hemos vertido sangre humana, aunque no inocente.

Arrodillados frente a la cruz de la espada, desgranamos un quedo padrenuestro, Erik con enérgico fervor y yo mecánicamente, la voz temblorosa y el ánimo amedrentado. Al concluir la oración, el danés dijo:

–Cuando Dios expulsó a Adán y Eva del Paraíso, nos condenó a vivir en un mundo regido por la violencia y el dolor –hizo una pausa–. Eran ellos o nosotros, Telmo. No hemos tenido más remedio que responder a su agresión.

Tragué saliva.

–¿Sois magos?... –pregunté, tembloroso.

–¿Magos? –Erik alzó las cejas, sorprendido–. Claro que no. ¿Cómo se te ocurre tal cosa?

–Las flechas... –respondí–. No os atravesaron...

El danés sonrió y luego se levantó el jubón, mostrándome la cota de malla que llevaba debajo, sobre una camisa de blanco lino. De repente, lo comprendí todo.

—Sois guerreros... —musité. Entonces me vino a la memoria el grito que había proferido Gunnar al entrar en acción y la luz se hizo en mi cerebro—. ¡Sois caballeros templarios! —exclamé.

Erik me contempló largamente en silencio y luego asintió con la cabeza.

Deseaba formular un sinfín de preguntas, pero Erik me silenció con un gesto y dijo que debíamos partir inmediatamente y que ya hablaríamos al llegar a Roncesvalles. Supongo que era nuestro deber dar sepultura a los cinco cadáveres que yacían en el camino, mas el danés afirmó que no había tiempo y que ya se ocuparían de ello los compinches del malogrado Folco, así que Gunnar ocultó los cuerpos tras unos arbustos y partimos con prontitud.

Recorrimos en silencio las escasas millas que nos separaban de Roncesvalles y, al llegar allí, nos detuvimos junto a una fuente de agua clara, a unos doscientos pasos de la hospedería. Desde allí podían verse las capillas del Santo Espíritu y de Santiago, la Cruz de Carlomagno y el monasterio de San Salvador de Ibañeta. Desde la lejanía, un grupo de cinco monjes nos contempló con curiosidad durante unos segundos, desentendiéndose acto seguido de nosotros para dirigirse al templo. La campana de la iglesia colegial comenzó a sonar llamando a misa.

Tras refrescarnos con el agua de la fuente, tomamos asiento en unas piedras, bajo la sombra de un roble. Erik se aclaró la garganta con un carraspeo y me preguntó:

—¿Cómo has descubierto que somos templarios?

—Gunnar gritó «Baussant» durante la pelea —repuse.

Todo el mundo sabía que *Baussant* era el estandarte blanco y negro de la Orden del Temple, y también su grito de guerra. Erik dirigió a Gunnar una reprobadora mirada y suspiró con cansada resignación.

—En efecto —dijo—, soy un caballero del Temple. Gunnar y Loki también están al servicio de la Orden, aunque no han profesado votos; son sargentos de tropa. Pero nada de eso ha de saberse, Telmo. A los ojos de los demás, debemos seguir siendo unos simples albañiles.

—¿Por qué? —pregunté, cansado de tanto misterio—. ¿Por qué queréis ocultar vuestra identidad?

—Porque la misión que nos ha encomendado Guillermo de Beaujeu, maestre del Temple, ha de permanecer en secreto.

—¿Y qué misión es esa?

Erik intercambió una mirada con sus compañeros y luego meditó unos instantes.

—De acuerdo —dijo al fin—. Supongo que tarde o temprano habrías de saberlo —se reclinó contra el tronco del roble—. Todo comenzó hace once años, muy lejos de aquí, en San Juan de Acre.

Alcé las cejas, sorprendido. Acre era una ciudadela fortificada situada en la costa de Siria, el último bastión de la cristiandad en Tierra Santa tras la caída de Jerusalén.

—¿Habéis estado en Acre? —pregunté.

—Así es. Por aquel entonces, yo formaba parte de las fuerzas templarias destacadas en Siria, y tanto Gunnar como Loki me acompañaban. La pérdida de las posesiones cristianas en Jerusalén había causado una desbandada general hacia las fortalezas de la costa. Miles de personas buscaban refugio en Acre, entre ellos un buen puñado de nobles que, además de sus vidas, deseaban poner a salvo sus fortunas. Para ello, confiaban sus tesoros al Temple, pues la Orden, a cambio de una comisión, se ocupaba de transportarlos a Occidente en su flota de guerra. Por tal razón, durante la primavera de 1272, la cripta de la fortaleza templaria de Acre guardaba en su interior una inmensa fortuna. Tal era el valor del tesoro acumulado que se dispuso un destacamento de guardia para ocuparse exclusivamente de su custodia. Al frente de dicho destacamento había dos oficiales: uno de ellos era yo, el otro se llamaba Simón de Valaquia —su mirada se oscureció—. Simón era un caballero de incierto origen, creo que hijo de un conde caído en desgracia. Tenía cuatro o cinco años más que yo y, en aquel tiempo, mucha más experiencia en combate. De hecho, se le consideraba el espadachín más hábil de Tierra Santa...

Desde la lejana iglesia nos llegaban los apagados cánticos de los monjes. La expresión de Erik se había tornado circunspecta, como si hablar del pasado le produjera una gran aflicción.

—Una noche —prosiguió sin mirarme—, desperté de madrugada. Quizá fue una premonición, o puede que algún ruido me desvelara, no lo sé; pese a no estar de servicio, me vestí y salí al exterior. Una densa neblina cubría la costa y no había luna, así que tomé una antorcha y comencé a recorrer la fortaleza. Me extrañó el inusitado silencio que reinaba, y mayor fue mi sorpresa al descubrir que los puestos de guardia estaban desiertos. Me dirigí a la sala de armas y allí, ocultos, encontré los cadáveres degollados de los ocho centinelas que aquella noche se ocupaban de vigilar la cripta. De Simón, que estaba al mando de la guardia, no había ni rastro –suspiró pesadamente–. Debí dar la voz de alarma, pero no lo hice. Justo en aquel momento, oí un rumor de voces en el patio y fui a ver qué sucedía. Nada más cruzar la puerta, los vi: eran una docena de mercenarios turcos que, amparándose en la niebla, estaban sacando de la cripta los cofres del tesoro. Los mandaba Simón de Valaquia.

–Pero... ¿no era un caballero templario?

–Lo era. Y también un traidor, y el mayor canalla que jamás ha existido. Supongo que llevaba tiempo planeando aquel robo; durante la madrugada asesinó a sus propios soldados y luego facilitó la entrada en la fortaleza a un grupo de mercenarios cuyo objetivo era saquear la cripta del tesoro.

–¿Y qué ocurrió? –le animé a proseguir.

–Desenvainé la espada y les di el alto. Yo era joven e impetuoso y creía que, si Dios estaba de mi lado, bastarían mis fuerzas para imponer su justicia. Simón no pensaba así, pues me miró con desdén y ordenó a sus hombres que ignoraran mi presencia y siguieran con su tarea. Luego desenfundó el acero y me dijo: «Vamos, muchacho; averigüemos si ya eres un hombre o si continúas siendo un crío».

Un largo silencio siguió a sus palabras.

–¿Y...? –pregunté.

–Luchamos y yo perdí –el danés sonrió con amargura y rozó con los dedos la cicatriz que le cruzaba el rostro–. Primero me hizo esto y luego me desarmó, con toda facilidad. Ni siquiera le hice sudar. Entonces, Simón se dispuso a matarme y yo... yo eché a correr.

–Cuando no hay alternativa, la mejor táctica es la huida –sentenció Loki, como queriendo quitarle hierro al asunto.

Erik sacudió la cabeza con desánimo.

–Ni siquiera huir se me dio bien –confesó–. Trepé por la muralla y Simón fue tras de mí. Recorrí el adarve a la carrera y, al poco, tropecé con una puerta cerrada que bloqueaba el paso. Entonces, Simón se aproximó a mí lentamente, con una sonrisa de triunfo en el rostro y la espada alzada para asestarme el tajo final. Yo estaba acorralado, no tenía escapatoria, así que... me arrojé al vacío. Fueron casi treinta pies de una caída que apenas pude frenar intentando asirme a un saliente del muro. Me rompí una pierna y perdí el conocimiento. Los compañeros templarios me encontraron horas después, al amanecer. Para entonces, habían desaparecido de Acre tanto el tesoro como Simón de Valaquia.

–¿Era muy valioso ese tesoro? –pregunté.

–Más de cinco millones de besantes de oro –contestó, inexpresivo, el danés.

Exhalé una bocanada de aire; aquella suma era desmesurada, inabarcable para un pobre artesano como yo. Sobrevino un nuevo silencio. Al parecer, Erik había concluido su relato, pero yo no acababa de comprender qué relación existía entre sus revelaciones y el misterio de aquel viaje a Bretaña que habíamos emprendido. Así se lo dije y él, como si le costara gran esfuerzo seguir hablando, me contestó:

–Por aquel entonces, no solo estábamos los templarios en Acre. Había otras órdenes de caballería, como los hospitalarios, los teutónicos o... o una pequeña congregación llamada Orden de los Caballeros del Águila de San Juan de los Siete Sellos. Sus miembros, los aquilanos, no eran muchos, poco más de una treintena, y aunque solían mostrarse reservados y adustos, eran muy apreciados en combate, pues luchaban con pericia y arrojo –hizo una pausa y, cambiando bruscamente de tema, prosiguió–: ¿Recuerdas que, tras robar el tesoro del Temple, Simón de Valaquia desapareció? Lo hizo sin dejar rastro, pero la pregunta es: ¿cómo?... Si entrar en Acre es difícil, salir de la ciudadela resulta casi imposible, sobre todo si hay que cargar con ocho pesados cofres repletos de oro. De hecho, no existe más que una vía de escape: el mar. Pues bien, durante la madrugada en que Simón de Valaquia robó el tesoro, solo un barco zarpó del puerto de Acre, y ese buque pertenecía a los Caballeros del Águila de San Juan.

–¿Creéis que esa orden tuvo algo que ver con el robo?

Erik se encogió de hombros.

–Lo ignoro –dijo–. Pero fueron los aquilanos quienes sacaron de Acre a Simón y el tesoro, de eso estoy seguro; no cabe otra alternativa. Además, desde ese día la orden desapareció de Tierra Santa y no volvió a saberse de ella.

–¿Desapareció...?

–Así es. Los hemos buscado por doquier, en Inglaterra, en Francia, en España, en Bizancio, al norte y al sur, en oriente y occidente, y durante diez años no hemos sabido nada de ellos –hizo una pausa y agregó–: Hasta que, recientemente, nos enteramos de la desaparición en Bretaña de ese maestro de tu gremio, Thibaud de Orly.

–No lo entiendo –musité–. ¿Qué relación puede haber entre el maestro Thibaud y el robo del tesoro?

El danés suspiró con cansancio, se desperezó y, tras ponerse en pie, señaló:

–Es tarde, debemos reanudar el viaje –Erik aferró las riendas de su caballo y se dispuso a montar, pero antes de hacerlo se volvió hacia mí y me dijo–: En Kerloc'h están construyendo una catedral, ¿verdad? Pero ¿quién corre con los gastos, quién paga los salarios y costea los materiales?

–Lo ignoro... –repuse, desconcertado.

Con deliberada lentitud, Erik declaró:

–La construcción de la catedral de Kerloc'h está siendo financiada por la tan largo tiempo desaparecida Orden del Águila de San Juan.

5

No volvimos a sufrir ningún percance durante el resto del viaje. Mis compañeros normandos habían decidido dejar de aparentar ser unos inofensivos artesanos, para adoptar una apariencia más acorde con su auténtica naturaleza. Poco después de abandonar Roncesvalles, sacaron de las alforjas sus enseres de combate y se pusieron unos pectorales de duro cuero revestido con placas metálicas, así como yelmos de hierro y guanteletes. A la cintura llevaban espadas y puñales, y portaban a la espalda unos redondos escudos de madera reforzados con acero. Gunnar, cuya hacha de combate reflejaba el sol al balancearse colgada de la silla, se había pintado la cara de azul y rojo, asemejándose a un terrible diablo. Al no portar ningún tipo de enseña, parecían un grupo de mercenarios en busca de acción, y su aspecto era tan amenazador que quienes se cruzaban con nosotros huían despavoridos, lo que nos granjeó un viaje solitario y tranquilo.

Supongo que más de un caminante debió de preguntarse qué hacía un muchacho en tan feroz compañía, y, si he de ser sincero, yo mismo me planteaba esa cuestión. Ahora sabía que lo que estaba en juego no era solo la suerte de unos compañeros francmasones desaparecidos, sino un grave asunto relacionado con la Orden del Temple; pero me resultaba imposible adivinar cuál era mi papel en aquella misión. ¿Por qué yo, un simple aprendiz de cantero, debía dirigirme a Bretaña? Al poco de reanudar el viaje, se lo pregunté a Erik.

—No lo sé, Telmo —contestó encogiéndose de hombros—; también yo me lo pregunto. Pero el obispo de Pamplona insistió mucho en que debías llegar sano y salvo a Kerloc'h, pues, según él, tu vida es mucho más valiosa que las nuestras; así que la tuya debe de ser una misión muy importante.

Aquello no me aclaró las cosas y, si he de ser sincero, tampoco me tranquilizó en demasía, ya que no me hacía ninguna gracia estar en el centro de un extraño conflicto e ignorar por qué.

Dejamos atrás los Pirineos y, ya en tierra franca, viramos hacia el noroeste, en dirección a la villa de Dax, y luego hacia el norte, siguiendo a la inversa la ruta de peregrinos que corría paralela a la costa. Aunque marchábamos muy cerca del océano, en ningún momento estuvo al alcance de nuestros ojos, lo que me produjo cierta decepción, pues jamás había visto el mar y sentía gran curiosidad por contemplarlo.

Al poco de abandonar el montañoso país de los vascones, el terreno se volvió suave y llano; las zonas boscosas alternaban con dorados campos de cereales a cuya vera se asentaban pequeñas aldeas habitadas por humildes campesinos. De cuando en cuando, tropezábamos con castillos y fortalezas que mis compañeros daneses procuraban sortear, igual que eludíamos las grandes ciudades. De ese modo sorteamos la gran villa de Burdeos, que pudimos contemplar en la lejanía –las altas agujas de la catedral alzándose sobre una multitud de casas– mientras cruzábamos el ancho río Garona en la balsa que Erik había alquilado. Dejamos atrás Saintes y –pese a que era un puerto templario– también La Rochelle, y Niort, y San Nazaire...

Diecinueve días después de nuestra partida, cuando nos encontrábamos cerca de una ciudad llamada Vannes, los daneses volvieron a ocultar las armas y los pertrechos de combate, adoptando de nuevo el disfraz de artesanos. Cuando reanudamos la marcha, les pregunté al respecto y Erik me contestó:

–No queremos que nadie descubra quiénes somos en realidad, Telmo. Hace dos días que estamos en Bretaña.

Miré en derredor, como si el paisaje hubiera adquirido de repente un nuevo significado, mas lo cierto es que aquellos bosques me parecieron iguales a los que había visto a lo largo del camino. Como si adivinara mis pensamientos, el danés dijo:

–Dios creó la tierra que habitamos, pero no las fronteras. Eso lo inventaron los hombres, no son más que mentiras comúnmente aceptadas. De todas formas, a medida que nos adentremos en Bretaña, verás que la vegetación se torna más frondosa y el terreno más escarpado.

–¿Has estado antes en Bretaña? –pregunté.

–Pasé una temporada en Rennes durante mi juventud.
–¿Y conoces Kerloc'h?

Erik sacudió la cabeza.

–Eso queda en lo más profundo de Bretaña –dijo.

–En el más remoto estercolero del orbe –apuntó Loki.

–Así es. Kerloc'h está en el confín de la tierra conocida –Erik se encogió de hombros–. Nadie va jamás allí.

Aquella noche pernoctamos a la orilla de un bosque situado al norte de Vannes, y al amanecer partimos hacia el oeste. Recuerdo que poco después del mediodía, mientras sorteábamos la villa de Auray, la brisa me trajo un aroma extraño que no pude identificar.

–¿A qué huele? –pregunté.

–A mar –contestó Erik.

Supuse que debíamos de estar muy cerca de la costa y pregunté de nuevo:

–¿Cómo es el mar?

–¿No lo has visto nunca, Telmo?

Sacudí la cabeza. El danés meditó unos instantes y luego sofrenó su caballo.

–Viajamos con cierto adelanto sobre lo previsto –les dijo a sus compañeros–; creo que podemos dar un pequeño rodeo para mostrarle algo a nuestro joven amigo.

Dicho esto, volvió grupas y tomamos un camino que se dirigía hacia el suroeste. El cielo estaba nublado y no tardó en caer una intensa lluvia, mas el viento arrastró las nubes, regalándonos un azulado atardecer. Horas después, llegamos a una minúscula aldea llamada Karnaj; al poco de atravesarla, Erik bajó del caballo y me invitó con un gesto a imitarle. Le seguí hasta un claro cubierto con grandes piedras y allí nos detuvimos.

–Mira –dijo el danés señalando con un ademán en derredor.

Hice lo que me pedía, pero nada vi y así se lo dije. Tomándome del brazo, Erik me condujo a lo alto de una cercana colina, desde la que se divisaba el claro en su entera amplitud, e insistió:

–Mira bien; fíjate en esas piedras.

De nuevo volví la mirada hacia el pedregal. Al principio seguía sin ver nada, pero entonces advertí que las enormes piedras no solo estaban erguidas de manera poco natural, sino que además se hallaban dispuestas formando larguísimas hileras que se perdían en el horizonte. ¡Aquello era obra del hombre!

–Pero ¿quién ha hecho esto?... –pregunté, asombrado. Erik se encogió de hombros.

–Ya estaban aquí en época de los romanos, e incluso antes de que llegaran los celtas. Por lo que sé, estas rocas llevan en pie desde el principio de los tiempos.

Observé aquellos inmensos alineamientos de piedras, intentando evaluar la ingente tarea que había supuesto erigirlos.

–Debe de ser obra de gigantes... –musité.

–No, Telmo; las levantaron hombres normales y corrientes –Erik sonrió–. Bien pensado, debieron de ser muy parecidos a ti, pues se dedicaban a erigir grandes piedras, igual que hacéis los de tu oficio.

Me sorprendió el comentario, pero al contemplar de nuevo las largas hileras de piedras comprendí que Erik tenía razón, y que en realidad no había tanta diferencia entre esas burdas rocas sin desbastar y una catedral, pues el propósito de ambas construcciones era conmover el alma humana.

Volvimos a montar en los caballos y nos alejamos de aquellas antiquísimas piedras, aunque lo cierto es que no dejamos de verlas, pues constantemente encontrábamos a nuestro paso grandes rocas erguidas, túmulos y enormes mesas de granito. Era como atravesar un bosque encantado, y no me habría sorprendido ver aparecer un hada en cualquier momento; pero no fue un hada lo que vi, sino algo aún más extraordinario. Apenas media hora después, tras remontar una colina, ante mis asombrados ojos apareció una inmensa franja azul sobre la que flotaba el anaranjado círculo del sol. Era el mar.

Desmontamos y, llevando de las riendas los caballos, nos aproximamos lentamente a la playa de arena que, a no mucha distancia, las olas batían con un cadencioso murmullo. Yo estaba sobrecogido, pues jamás habría imaginado que pudiese existir tal cantidad de agua.

–Es enorme... –murmuré–. ¿Qué hay al otro lado?

–Unos dicen que el océano no se acaba nunca –repuso Erik–; otros aseguran que al final del horizonte se encuentra la mágica isla de Hy Brasil; y hay quien afirma que la Tierra es redonda como una naranja y que más allá del mar se encuentran las Indias, Catay y Cipango. Pero lo único cierto es que nadie lo sabe, porque nadie ha ido allí para comprobarlo.

Sonreí ante la absurda idea de que la Tierra fuera redonda –de ser así, los que están abajo se caerían, ¿no es cierto?– y contemplé en silencio aquella pasmosa infinitud azul. Era lo más asombroso que había visto en mi vida.

–¡Vamos a bañarnos! –exclamó Erik de buen humor.

Y de improviso, tanto él como Gunnar se despojaron de sus ropas y, cubiertos tan solo por unos calzones de lino, echaron a correr hacia la orilla. Loki torció el gesto, se dejó caer sobre la arena y, señalando el mar, me dijo:

–Allí mean y cagan los peces. Es un asco.

Observé de reojo a los dos daneses que, riendo como niños, saltaban entre las olas, y de pronto sentí muchas ganas de unirme a ellos, así que, ante la desaprobadora mirada de Loki, me desnudé y corrí hacia la orilla. El agua estaba muy fría, aunque no más que la de un río de montaña, y se me puso carne de gallina al sumergirme en ella, pero lo que realmente me sorprendió fue su raro y fuerte sabor. Así se lo dije a Erik y él, echándose a reír, me contestó:

–El agua de mar tiene mucha sal, Telmo. No la bebas, o enfermarás.

Mientras jugaba con las olas, descubrí, maravillado, que Erik y Gunnar sabían flotar sobre el agua y desplazarse por ella moviendo las piernas y los brazos. Al advertir que yo no me apartaba de la orilla, Gunnar me gritó:

–¿No nadas, Telmo?

–No sé nadar –respondí.

–Oh, cosa fácil es –replicó el gigante.

Luego, aproximándose a mí, me agarró por los brazos, me llevó en volandas mar adentro e, ignorando mis protestas, me obligó a tumbarme boca arriba sobre el agua.

–Ahora, tú quieto –dijo–. Tranquilo.

Y me soltó. Durante unos segundos sentí una oleada de pánico, pero al instante descubrí, maravillado, que flotaba como un corcho arrojado a un estanque.

–¡Sé nadar! –exclamé.

Entonces, una ola se abatió sobre mí y me precipitó dando vueltas hacia el fondo marino, y a buen seguro me habría ahogado de no ser por Gunnar, que me sacó del agua cogido por los pies, boca abajo, y me palmeó la espalda para ayudarme a expulsar el líquido que había tragado.

–Todavía no buen nadador –comentó–. Algo más de práctica precisas.

Hoy, con la perspectiva que brinda el paso del tiempo, creo que aquel fue el último día en que disfruté de la vida como un niño, con total despreocupación. Lo que habría de suceder después, todo el terror y el infortunio que no tardarían en abatirse sobre nosotros, me hizo madurar prematuramente, pero durante aquel atardecer de verano, mientras retozaba en las aguas de un mar que era nuevo para mí, me sentí libre, inocente y feliz.

Tres días más tarde llegamos a Quimper, la última gran ciudad que habríamos de encontrar en nuestro periplo. Como ya era habitual, la dejamos atrás sin entrar en ella y pusimos rumbo al norte durante una jornada, al final de la cual acampamos cerca de una pequeña aldea, apenas un puñado de cabañas circulares con techos cónicos de paja. Ese lugar, me dijo Erik, estaba muy cerca de una península a la que llamaban Crozon, en cuyo extremo más occidental se encontraba la villa de Kerloc'h, adonde llegaríamos al día siguiente.

Como ya había comprobado desde que entramos en Bretaña, allí casi nadie hablaba francés, sino una lengua dura y extraña que, según Erik, se parecía mucho a los idiomas de Irlanda y Escocia. Los lugareños, gente muy pobre, nos recibieron con una actitud reservada y huidiza. Al principio pensé que ese era el trato usual que dispensaban a los forasteros, pero luego me di cuenta de que era a Gunnar a quien temían, y que no dejaban de contemplar con recelo los aros de hierro que llevaba prendidos en su barba. Le pregunté a Erik el significado de esos aretes y él me contestó:

–Cada uno de ellos representa un enemigo muerto. En combate singular, por supuesto, no en batalla.

Contemplé de soslayo la barba del gigante y me estremecí al comprobar que de ella pendían más de veinte aros.

–Pues si pretendéis pasar inadvertidos –dije–, mejor sería que se los quitara, pues le delatan como hombre de armas.

Erik me dio la razón y comentó que llevaba tanto tiempo viéndolos que ya ni siquiera se fijaba en ellos. Luego habló en su idioma con Gunnar, ordenándole, supongo, que se quitara los aretes. El gigante frunció el ceño y, con vigorosas sacudidas de cabeza, se negó a hacerlo, tan obstinadamente que Erik tuvo que obligarle recurriendo a su autoridad –al menos, eso deduje del tono empleado–. Finalmente, de mal humor y a regañadientes, Gunnar se dirigió al riachuelo que corría cerca del poblado, y allí no solo se quitó los aretes, sino que además se rasuró la barba, dejándose tan solo unos largos mostachos rubios. Cuando el gigante regresó a nuestro lado, Loki estalló en carcajadas, al tiempo que comparaba el rostro de su compañero con el sonrosado culito de un bebé. Gunnar se puso rojo de ira y, de no ser por Erik, creo que se habría desatado una terrible pelea. Un pastor de la aldea, que hablaba un poco de francés, nos vendió las provisiones que precisábamos, unas insípidas tortas de trigo sarraceno que se tomaban acompañadas de queso fresco de cabra. Además de las viandas, el pastor nos proporcionó algo de información. Al parecer, hacía poco más de diez años que los Caballeros del Águila de San Juan se habían establecido en Kerloc'h, justo el tiempo que llevaba construyéndose allí una catedral. El pastor nos dijo que, hasta entonces, la zona había sido un nido de piratas y ladrones, pero que desde su llegada los aquilanos habían impuesto la ley y el orden, convirtiendo en seguros unos caminos que antes nadie se atrevía a recorrer en solitario.

Pese a que aquella labor era evidentemente benéfica, me sorprendió percibir cierta inquietud en la voz del pastor, como si le desagradara hablar de Kerloc'h, de los aquilanos y de su catedral. De hecho, en cuanto la charla tomó esos derroteros, el buen hombre comenzó a contestar con monosílabos, encerrándose finalmente en un mutismo del que no hubo manera de sacarle.

Al día siguiente partimos hacia el oeste, adentrándonos en un bosque inconcebiblemente frondoso. El terreno se tornó más abrupto, con bajos montes y pequeños valles, y escasamente poblado. Ocasionalmente encontrábamos campos sembrados, pequeños huertos a cuya vera se alzaban humildes chozas de madera, siempre circulares y con techumbres cónicas, pero rara vez veíamos a sus habitantes, pues estos se ocultaban de nosotros como si fuéramos apestados.

Por la tarde cruzamos una zona pantanosa; el camino estaba tan anegado que se había reforzado el firme con tablas de madera. Mientras atravesábamos aquel tramo del sendero, descubrí que, a mi derecha, un poste sustentaba una figura de extraña apariencia –medio humana, medio animal–, a cuyo pie había un pequeño montón de piedras. Le pregunté a Erik qué era y él me contestó:

–Es un ídolo protector del camino. La gente le ofrenda una piedra al pasar, para obtener su protección.

–¿Un ídolo? –repetí, sorprendido–. ¿Es que los bretones no son cristianos?

–Lo son, sí..., pero también son otras cosas. Por ejemplo, son celtas y, además de a Cristo, veneran a las antiguas deidades de sus antepasados y siguen practicando las viejas tradiciones. Recuerda que pagano viene de *pagus*, que en latín significa «aldea». Aquí la gente es muy supersticiosa.

La visión de aquel ídolo me había producido una rara inquietud. Solo se trataba de una figura de madera torpemente tallada, mas era precisamente la tosquedad de su apariencia lo que le confería un carácter salvaje y amenazador. No iba, sin embargo, a durarme mucho la desazón, pues apenas una hora más tarde, cuando el sol declinaba ya en el cielo, remontamos una loma y ante nuestros ojos, en la lejanía, se desplegó un panorama sobrecogedor.

Era un bahía muy ancha que parecía estrechar entre sus brazos un mar tranquilo e intensamente azul. A la izquierda, en la cima de unos acantilados, se alzaba una fortaleza muy antigua, con grandes muros de negro basalto. En lo alto de la torre ondeaba una bandera blanca con la roja silueta de un águila.

–Es la enseña de los Caballeros del Águila de San Juan –comentó Erik, el ceño fruncido.

Al pie de los acantilados había una playa de arena dorada que, conforme se extendía hacia la derecha, acababa convirtiéndose en un pedregal batido por las olas. A unos quinientos pasos de la orilla, en el otro extremo de la bahía, encaramado sobre la falda de una colina, se alzaba un poblado en el que reinaba una intensa actividad.

Al instante tuve la certeza de que aquel lugar era nuestro destino. Y lo supe porque, un poco más allá de la aldea, en una verde franja de tierra que penetraba en el mar encaramada sobre unos acantilados, se alzaba la construcción más extraordinaria que jamás he contemplado. Era un templo, una catedral.

La catedral de Kerloc'h.

6

Desde la distancia pude comprobar que la construcción de la catedral de Kerloc'h prácticamente había finalizado, al menos en lo que a su estructura se refiere. Quedaban por rematar las bóvedas y la techumbre, así como la torre del campanario, pero todo lo demás parecía acabado.

Aunque me encontraba demasiado lejos para apreciar los detalles, aquel templo me produjo una gran impresión. Estaba construido en piedra caliza gris y la fachada principal, orientada hacia el oeste, mostraba un gran pórtico ojival sobre el que se abría un enorme rosetón de cristales coloreados. A ambos lados del edificio surgía una serie de arcos arbotantes que acababan descansando sobre puntiagudos pináculos de carga. En el extremo este del edificio, justo sobre el coro, se alzaba la torre del campanario. Pese a no estar aún concluida, y aunque los andamios que la rodeaban me impedían verla con claridad, advertí al instante que aquella torre era enorme. Debía de medir unas ciento cuarenta varas en su actual estado, y aún mayor sería su altura cuando estuviera concluida.

Al principio, la catedral me pareció fea y desproporcionada, pero luego, tras contemplarla con más atención, comencé a descubrir en ella una rara belleza que nada tenía que ver con la armonía sino, más bien al contrario, con la desmesura y el desequilibrio.

Nos pusimos en marcha de nuevo y comenzamos a recorrer en silencio el camino que descendía hacia la playa y acababa conduciendo a Kerloc'h. Entre el mar y el bosque se extendía una amplia franja de terreno despejado y allí, a la orilla del camino, había un patíbulo del que pendían, colgados por el cuello, dos cadáveres ya muy descompuestos. Al pie de la horca, un cartel rezaba: *Voleurs* (ladrones). Un cuervo se había posado sobre uno de los ennegrecidos cuerpos y picoteaba nerviosamente jirones de carne putrefacta. Reprimí una arcada y aparté la vista.

–Los aquilanos no se andan con chiquitas –comentó Loki contemplando con una sonrisa los cadáveres.

–Ese cadalso es un aviso para forasteros –dijo Erik–: si te portas mal, ya sabes lo que el destino te depara –hizo una pausa y agregó en tono repentinamente tenso–: Atención, vienen a recibirnos...

Alcé los ojos y vi que, en efecto, cinco jinetes se aproximaban a nosotros desde el pueblo. Marchaba en cabeza un hombre enjuto que vestía jubón negro, guantes negros, calzas y botas negras y una ondeante capa tan oscura como el azabache. La única nota de color que le ornaba era el águila roja que llevaba bordada en la pechera. Se trataba de un caballero del Águila de San Juan y detrás de él marchaban cuatro mercenarios turcos de temible aspecto.

–¿Quiénes sois? –preguntó el aquilano cuando llegó a nuestra altura, al tiempo que apoyaba la diestra sobre el pomo de la espada, como si este gesto contuviera una velada amenaza.

–Unos pobres artesanos –contestó Erik en tono humilde–. Venimos de Navarra, pues el maestro Hugo de Gascuña nos ha convocado para trabajar en las obras del templo.

El aquilano nos contempló en silencio durante largo rato; luego, cabeceó levemente y dijo:

–Podéis seguir. Encontraréis al maestro constructor en la catedral.

Erik le dio las gracias con deferencia y, acto seguido, partimos en dirección a las obras. Mientras nos alejábamos, podía sentir la fría mirada del caballero del Águila clavada en nuestras espaldas.

En las obras de la catedral de Kerloc'h trabajaban más de ochenta artesanos, entre albañiles, carpinteros, fundidores, herreros, plomeros y vidrieros, así como un número similar de peones, eso sin contar con quienes faenaban en la cantera, que estaba situada a dos leguas del pueblo. Cuando llegamos, la jornada tocaba a su fin, de modo que los trabajadores se dedicaban a recoger sus herramientas y a cubrir con paja las labores que habían quedado inacabadas.

Encontramos al maestro Hugo de Gascuña cerca de la logia, un gran cobertizo de madera anejo al muro sur de la catedral. Hugo era un hombre de mediana edad, calvo y bajo de estatura, cuyos nerviosos ademanes le asemejaban a un pájaro. Al saber quiénes éramos, nos recibió con profundo alivio, como si llevara tiempo esperando nuestra llegada. Llamó a gritos a un tal Helmut, que era el maestro albañil y su ayudante en la dirección de la obra, y los seis nos encerramos en la logia.

—Vosotros debéis de ser los templarios cuya llegada me anunciaron, ¿no es cierto? —le preguntó Hugo a Erik nada más cerrar la puerta.

—¿Tanto se nota? —sonrió el danés.

—Lo cierto es que no parecéis canteros... —Hugo carraspeó con nerviosismo—. Tengo entendido que venís de Navarra. ¿Hablasteis con el maestro León Yáñez en Estella?

Erik asintió y me señaló con un gesto.

—Telmo, el muchacho que nos acompaña, es hijo de maese Yáñez.

Hugo me dirigió una rápida mirada.

—El hijo de León, bien, bien... Bueno, ¿dónde está el imaginero?

—¿Qué imaginero? —preguntó Erik.

—El maestro escultor que iba a enviarme León Yáñez. ¿No ha venido con vosotros?

Erik negó con la cabeza. Reconozco que me sentí un poco irritado, pues nadie parecía prestarme la menor atención, así que tosí un par de veces y dije:

—Yo soy el imaginero.

Hugo giró la cabeza y me contempló como si yo fuera un saco de bellotas que de pronto se hubiera puesto a hablar.

—¿Qué dices, hijo? —preguntó.

—Que soy ese tallista que estáis esperando.

Le entregué la carta de presentación que me había dado padre y Hugo la leyó lentamente, moviendo los labios en silencio conforme desentrañaba el escrito. Cuando acabó, se dejó caer en un taburete y dijo con desánimo:

—Le pido a León que me mande al mejor escultor que pueda encontrar, y él me envía a un muchacho —sacudió la cabeza—. No sé en qué estaría pensando maese Yáñez...

—Soy un buen imaginero —protesté.

–Puede que sí, hijo; pero aquí no necesitamos a un buen imaginero, sino al mejor tallista de la cristiandad –suspiró con resignación–. En fin, al menos ya se encuentran aquí Berenguer de Occitania y Luis de Limoges, que son magníficos escultores, y está al llegar el gran Rambaldo de Siena...

Yo había oído hablar de Rambaldo, y su fama afirmaba que era un tallista prodigioso, un maestro entre los maestros, pero eso no me importó. La displicencia que me dispensaba Hugo de Gascuña me había enfadado seriamente, de modo que le espeté:

–Podéis estar seguro de que jamás tendréis delante de vos a un imaginero tan bueno como yo.

Mis palabras, debo reconocerlo, sonaron como la fatua jactancia de un jovenzuelo, y así se lo tomó el maestro Hugo.

–¿Sí? –dijo mirándome con ironía–. Bueno, ya tendrás oportunidad de demostrarlo en el concurso.

Arqueé las cejas.

–¿Qué concurso?

–¿No lo sabes? –Hugo se echó a reír–. Para eso has venido, muchacho: para participar en una competición.

Me disponía a preguntarle acerca de esa misteriosa competición, cuando Erik nos interrumpió:

–Disculpadme. Podréis hablar de vuestros asuntos más adelante. Ahora, maese Hugo, quisiera que me contaseis cómo están las cosas aquí.

–¿Cómo están las cosas en Kerloc'h? –el maestro constructor se encogió de hombros–. La verdad es que no sé por dónde empezar...

–Probad por el principio –sugirió Loki.

Hugo se rascó la calva cabeza y, tras meditar unos instantes, comenzó a hablar:

–Pues, en fin, las obras de la catedral se iniciaron hace algo más de diez años, bajo la dirección del maestro Thibaud de Orly. La construcción del templo siguió un ritmo endiablado, vos mismos podéis comprobar que la obra está casi concluida. Aquí llegó a haber más de doscientos cincuenta trabajadores...

–Intuyo que eso supone un gran desembolso de dinero –le interrumpió Erik–. ¿La Orden del Águila financia enteramente el proyecto?

–Claro, ellos son los promotores...

—¿Y qué tal pagan?

—Oh, espléndidamente. Un albañil cobra aquí cincuenta maravedíes por jornada de trabajo, veinte un argamasero y quince un peón.

Parpadeé sorprendido, pues esas cifras casi doblaban los salarios habituales.

—Proseguid... —murmuró Erik con el ceño fruncido.

—Como decía —continuó Hugo—, las obras de la catedral avanzaron a gran velocidad hasta que, hace cosa de dos años, se interrumpieron inesperadamente, siendo despedidos todos los obreros, salvo el maestro Thibaud y once compañeros. Seis meses después, por razones que desconozco, Thibaud de Orly y sus once trabajadores abandonaron la obra.

—Entonces os llamaron a vos para proseguirla.

—Así es. Llevo más de un año al frente de la construcción y aún quedan unos tres meses para concluirla.

—Sin embargo —apuntó Erik—, Thibaud de Orly ha desaparecido. ¿Habéis buscado algún rastro suyo por aquí?

Helmut, el maestro albañil, un joven germano de Colonia, alto y de expresión decidida, dio un paso al frente.

—Yo me ocupo de eso —dijo.

—¿Y has obtenido algún resultado?

—No, pero sigo buscando.

Erik dejó escapar un suspiro y se volvió hacia Hugo.

—Habladme ahora de la Orden del Águila.

—Poco hay que decir. Estuvieron en Tierra Santa, ¿lo sabíais? —Erik asintió con un deje de ironía y Hugo prosiguió—: El maestre de la Orden es Corberán de Carcassonne, y él mismo se ocupa de supervisar las obras de la catedral. A mi modo de ver, es un patrón exigente, pero justo.

—¿Cuántos caballeros del Águila hay en la fortaleza?

—Oh, no creo que haya muchos más de veinte.

—Pero cuentan con mercenarios —terció Loki.

—Sí, deben de ser más o menos cuarenta, todos turcos. Unos guerreros terribles, terribles... Afortunadamente, Corvus los controla con mano férrea.

—¿Corvus? —repitió Erik alzando una ceja.

—Así llaman al capitán de los mercenarios, porque siempre viste de negro, supongo.

Aquel apodo, Corvus, me recordó al cuervo que había visto picoteando la carne del ahorcado y noté que un escalofrío me recorría la espalda. Erik respiró hondo y se levantó de la pila de maderos donde había estado sentado.

—¿Sabéis que el Papa ha mandado a uno de sus hombres de confianza a Kerloc'h? —preguntó.

—Sí. Se identificará con una palabra muy extraña, «Trismegistos» creo que es... —Hugo sacudió la cabeza—. No lo entiendo. ¿Qué interés tienen Roma y el Temple en esta catedral?

Erik le tranquilizó con una sonrisa.

—Eso no debe importaros. Ahora, escuchadme: dentro de poco llegarán quince hombres. Son templarios, aunque vendrán en secreto. Quiero que trabajen en la cantera.

—¡Quince hombres! —exclamó Hugo, escandalizado—. ¡Pero si no preciso más mano de obra!

—Da igual, no hace falta que les paguéis. Solo deseo que parezcan trabajadores, no que trabajen de verdad —el danés echó a andar hacia la salida de la logia—. En cuanto a mis compañeros y a mí, trabajaremos en las obras de la catedral.

Hugo boqueó un par de veces.

—Pero, pero... —balbució—. ¿Qué sabéis hacer?...

Erik ya había abandonado el cobertizo, de modo que fue Loki quien le contestó:

—Nada —dijo con una aviesa sonrisa—, salvo manejar la espada, masacrar, mutilar y destruir.

A juzgar por la horrorizada expresión que ensombreció el rostro del maestro Hugo, la respuesta no fue enteramente de su agrado.

Tras la reunión en la logia, me dirigí al poblado en compañía de Hugo de Gascuña, pues mi padre le había pedido en su carta que se ocupara de mi tutela y me brindara cobijo.

Kerloc'h era una aldea muy pequeña, y aún más lo había sido en el pasado, antes de iniciarse la construcción del templo. El primitivo poblamiento apenas constaba de una docena de chozas, que se distinguían claramente en razón de su forma circular y del cono de sus techumbres. Mas a su alrededor había brotado una infinidad de nuevas casas de madera, propiedad de los artesanos que trabajaban en la catedral y de los comerciantes que habían llegado al pueblo atraídos por la prosperidad de las obras. Las casas erigidas durante los últimos años multiplicaban por diez el número de las chozas antiguas, pero lo más sorprendente era que los primitivos habitantes de Kerloc'h se habían ido de la aldea nada más iniciarse los trabajos de construcción, una actitud que se me antojó absurda, pues aquella gente tan humilde perdía así la oportunidad de beneficiarse de los elevados salarios que allí se pagaban.

El maestro Hugo vivía en la única casa de piedra que había en el pueblo, en compañía de su esposa María, una mujer discreta y silenciosa, y de su hija Valentina, una muchacha de trece años de edad, muy bonita aunque, como pude comprobar al poco, un tanto descarada. La casa tenía dos habitaciones; ocupaban la más pequeña el maestro y su mujer, y en la sala dormíamos, sobre unos jergones de lana, Valentina y yo. Recuerdo que aquella noche, mientras intentaba conciliar el sueño, notaba los ojos de la muchacha fijos en mí, lo que me puso bastante nervioso.

Además, no podía quitarme de la cabeza el extraño concurso del que había hablado el maestro Hugo. ¿Qué competición era esa y por qué tenía yo que participar en ella?

María, la mujer del maestro, nos despertó poco antes del amanecer y luego se dirigió al corral, que estaba detrás de la casa, para ordeñar las ovejas. Mientras me vestía, observé que Valentina había dormido con una camisola de lino que tenía los botones del escote desabrochados. A la muchacha debían de haberle crecido hacía poco los senos, pues mantenía muy erguido el busto, con los hombros hacia atrás, como si estuviera sumamente orgullosa de aquellos nuevos atributos femeninos. En fin, reconozco que la estaba contemplando de reojo cuando ella, de repente, volvió la cabeza hacia mí. Aparté la mirada y fingí examinar un roto de mi jubón, pero no logré engañarla.

–Me estabas mirando los pechos –dijo ella con una sonrisa pícara.

–¡No! –repuse, rojo como la cresta de un gallo.

–Claro que sí; te he pillado mirándome. Pero no te preocupes, muchos hombres lo hacen –arqueó las cejas y agregó con picardía–: ¿Te gustaría vérmelos?

De tener un pozo cerca, me habría arrojado a él, tal era mi turbación.

—¡No! —aullé, temiendo que el maestro o su esposa pudieran sorprender aquella comprometida charla.

—¿No?... —Valentina pareció decepcionada, mas la sonrisa no tardó en retornar a sus labios—. Pero yo te gusto, ¿verdad? Lo he visto en tu mirada.

Respiré hondo y me volví hacia ella, intentando convertir en severidad mi azoramiento.

—Solo eres una cría —dije—, y no deberías...

—Tengo trece años —me interrumpió ella airadamente—. No soy ninguna cría. Además, ¿cuántos tienes tú? ¿Catorce?

—Casi dieciséis —repliqué con dignidad.

—Vaya, sí que eres todo un hombre —se burló Valentina—. Pues has de saber que dentro de uno o dos años me casaré, y no será contigo, Telmo Yáñez, sino con un caballero de verdad.

Estaba a punto de contestarle algo ingenioso: «Me quitas un peso de encima», o cosa similar, cuando María, su madre, regresó a la casa con un balde lleno de leche, poniendo fin, para alivio mío, a tan embarazosa situación. Poco después apareció maese Hugo, todavía adormilado, y dimos cuenta en silencio de las tortas con queso y miel que había preparado su mujer. Al acabar el desayuno, recogí mi bolsa de herramientas y partí, en compañía del maestro, hacia las obras de la catedral. Durante el camino intenté entablar conversación, pero maese Hugo seguía muy amodorrado y se limitaba a contestar con monosílabos.

Cuando llegamos a la obra encontramos a Erik, Gunnar y Loki esperándonos, pero el maestro nos dijo que aguardáramos unos minutos y fue en busca de Helmut para organizar la jornada de los trabajadores. Entretanto, los daneses y yo dimos una vuelta por los alrededores.

La luz del amanecer se nublaba por el humo de las hogueras donde los argamaseros quemaban cal, y a mis oídos llegaba el martilleo de los herreros y las voces de los artesanos. Un carro cargado de piedras llegaba desde el este y, en lo alto de la catedral, tres peones corrían dentro de la gran rueda de madera de una grúa, con el fin de subir al tejado una pesada carga de losas.

Después de un viaje tan largo y extraño, aquello era como estar en casa otra vez. Salvo por el mar, claro. Desde donde me encontraba podía ver el extremo más alejado de la bahía, una prolongada franja rocosa que se adentraba en las aguas hasta transformarse en un enorme arco natural de piedra que descansaba contra un peñón, como si fueran arbotante y contrafuerte. Volví la mirada hacia la izquierda y observé los altos acantilados que las olas lamían mansamente y, sobre ellos, el baluarte de los Caballeros del Águila. A pesar de que sus murallas habían sido reconstruidas y reforzadas, se notaba que era una fortaleza muy antigua, quizá del tiempo de los romanos, o puede que incluso anterior.

Nos aproximamos a la catedral y observé el pórtico de entrada. El tímpano estaba profusamente adornado con altorrelieves que mostraban imágenes monstruosas: aves de tres cabezas, corderos con siete cuernos y siete ojos, enormes langostas, escorpiones, dragones, demonios, salamandras y esqueletos. El imaginero que los había tallado poseía, sin duda, un gran talento; pero, aunque era normal adornar los templos con imágenes terroríficas, me pareció que se le había ido un poco la mano con tanto espanto. En el dintel, por el contrario, había siete ángeles, y otros cuatro, mucho mayores, a ambos lados del portal, dos a izquierda y dos a derecha.

Al entrar en la catedral, nos recibió el ruido que hacían los carpinteros con sus martillos mientras reforzaban los andamios que ocupaban la mayor parte de la iglesia. Erik señaló hacia el techo y me preguntó:

—¿Qué son esas estructuras de madera?

—Cimbras —respondí—. Sobre ellas descansan los arcos de la bóveda hasta que fragua la argamasa.

El interior del templo era inmenso y su disposición resultaba muy extraña. De entrada, los brazos del transepto estaban situados cerca de la entrada, en vez de junto al altar mayor, como era lo usual. Además, la torre del campanario se encontraba justo encima del coro, quedando su oquedad interna a la vista cuando uno se situaba debajo. Era como una descomunal chimenea, aunque supuse que aquel enorme vano sería cegado con una bóveda de madera en algún momento. Giré la cabeza hacia el lado norte de la nave y contemplé el inmenso órgano que allí se alzaba; era el más grande que jamás había visto, con sus grandes tubos metálicos, agrupados como haces de cañas, elevándose hasta una altura de sesenta pies por encima del suelo.

Había mucho trajín en la catedral y estábamos molestando a los trabajadores, así que indiqué a los daneses que nos fuéramos. Nada más salir al exterior, descubrimos que alguien nos aguardaba. Era un hombre delgado, de unos cuarenta años de edad, rostro afilado y larga barba de chivo. Vestía un guardapolvo negro de buen paño y se cubría la cabeza con un pequeño bonete, detalle que revelaba su condición de judío.

–Buenos días, ilustres caballeros –nos saludó nada más vernos–. Permitidme que me presente: soy Abraham Ben Mossé, vuestro cumplido servidor. No, no hace falta que os presentéis; ya sé quiénes sois. Erik, Gunnar y Loki, de las frías y lejanas tierras del Norte –se volvió hacia mí–. Y el joven es Telmo Yáñez, un notable imaginero castellano. Venís de Hispania, ¿no es cierto? Yo estuve en Toledo hace unos años...

Aquel judío hablaba mucho, no cabía duda, y mucho más habría hablado de no ser por Hugo de Gascuña, que llegó en ese mismo momento, y no de muy buen humor precisamente.

–¿Qué haces aquí, Ben Mossé? –bramó el maestro constructor–. ¿No te he dicho mil veces que esto es un lugar sagrado y no quiero que haya paganos rondado por aquí?

Abraham sonrió plácidamente.

–Ah, maestro Hugo –dijo–, os sorprendería saber cuántas iglesias cristianas se han levantado con dinero judío. Además, el mes pasado, cuando me pedisteis un préstamo, no parecieron importaros mucho ni mi raza ni mi religión.

Hugo enrojeció, quién sabe si de vergüenza o de ira, y balbució unas incomprensibles palabras que el judío interrumpió al decir:

–Tranquilo, amigo mío, ya me voy –se volvió hacia nosotros y agregó–: Sed bienvenidos, ilustres señores. Y recordad que, si necesitáis algo, siempre podéis recurrir a Abraham Ben Mossé.

Dicho esto, se largó de las obras tarareando por lo bajo una alegre tonada.

–¿Quién es? –le pregunté a Hugo.

–Un maldito prestamista –contestó este–. Llegó aquí hace unos meses y ya le debe dinero la mitad de los trabajadores –resopló, malhumorado–. Con razón el Papa condena la usura. Solo un hebreo se aprovecharía así del prójimo...

–¿Qué intereses cobra Ben Mossé? –le interrumpió Erik.

–Un cinco por ciento...

–No es mucho –señaló el danés con ironía–. He conocido a caballeros que exigían hasta un veinticinco por ciento de interés por sus préstamos, y eran muy cristianos.

Hugo permaneció unos instantes perplejo y luego, con una sacudida de cabeza, cambió bruscamente de tema, pidiendo a los normandos que se reunieran con Helmut, pues él se encargaría de asignarles alguna ocupación. Luego me indicó con un gesto que le siguiera y juntos echamos a andar hacia la logia. Mientras nos dirigíamos allí, le pregunté:

–¿Qué concurso es ese del que me habló ayer, maestro?

Hugo demoró unos segundos la respuesta y finalmente, con el ceño fruncido, dijo:

–Corberán de Carcassonne, el maestre de los aquilanos, se muestra, por lo general, razonable y justo, pero es muy duro de mollera en lo que atañe a las esculturas. Ninguna de las que hacemos resulta de su agrado.

–Pues he visto los altorrelieves del pórtico –dije–, y son magníficos.

–Ah, sí, lo son. Pero esos los talló el maestro Thibaud, y ahora él no está aquí para proseguir la tarea. El caso es que Corberán se ha empeñado en que el altar mayor esté presidido por la más bella imagen del orbe y, para conseguirlo, ha decidido convocar una competición de talla. Participarán Berenguer de Occitania, Luis de Limoges, Rambaldo de Siena y tú. El que salga triunfante se ocupará de tallar la imagen del altar mayor.

–¿Y cuándo será eso?

Hugo se encogió de hombros.

–En cuanto se presente Rambaldo –dijo.

Llegamos a la logia y entramos en ella. En su interior, sentados frente al banco de trabajo, cuatro imagineros tallaban los capiteles que más tarde adornarían la arquería del ábside. El maestro Hugo me entregó un boceto con la ornamentación de un capitel y me ordenó que lo reprodujera en un bloque de piedra que descansaba sobre el banco. Ante la despectiva mirada de los demás tallistas –que debían de considerar un insulto que un aprendiz se sentara a su lado, de igual a igual–, me acomodé en un taburete, saqué de la bolsa de herramientas un mazo y el escoplo de orejas y me dispuse a desbastar la piedra.

Antes de iniciar la tarea, eché un vistazo al boceto que me había dado el maestro. Era una ornamentación muy sencilla a base de espirales y volutas, lo que me hizo suponer que maese Hugo desconfiaba de mi capacidad. Suspiré. Esculpir aquellos adornos sería de lo más aburrido, a menos que...

A menos que lo hiciera a mi modo.

Sonreí y empuñé las herramientas. Era agradable notarlas otra vez entre los dedos, como si fueran una prolongación de mis manos. Descargué el mazo con decisión y la dentada punta del escoplo arrancó unas esquirlas al bloque de piedra.

«Sí», pensé, «lo haré a mi modo».

Más adelante, conocí a alguien muy extraño; se llamaba Korrigan y estaba loco. Era el único lugareño empleado en las obras, pues, por razones que entonces desconocía, los moradores de la zona no solo se negaban a trabajar en Kerloc'h, sino que procuraban mantenerse lo más alejados posible de la catedral. Korrigan, pese a haber nacido en la aldea, no tuvo reparos en trabajar en las obras, quizá a causa del extravío de su mente.

Era un tullido; tenía la pierna izquierda mucho más corta y delgada que la derecha. Sin embargo, compensaba aquel defecto con unos brazos extremadamente musculosos que le permitían trepar por los andamios y desplazarse de un lado a otro colgando de las cuerdas con gran agilidad. En tierra, Korrigan renqueaba, pero en las alturas parecía volar. Y esa era su ocupación en la obra: volar. Cuando un artesano que trabajaba en el tejado necesitaba alguna herramienta, le gritaba a Korrigan que se la trajera, y este se la llevaba con prontitud, andamios arriba, como un ave emprendiendo el vuelo.

Hablé con él por primera vez dos días después de nuestra llegada. Me hallaba frente a la logia, almorzando las tortas de trigo y el queso que me había preparado María, la mujer del maestro, cuando Korrigan se aproximó a mí, bamboleándose a causa de su cojera como una barca en un temporal.

—*Tu iuvenis sculptor de Hispania venitum* —me espetó al llegar a mi altura—. ¿*Veritas est?*

—¿Qué dices? —pregunté, sin comprender aquella absurda jerigonza.

–*Ego parlare lingua latina* –contestó con cómico orgullo–. *Ego sapientísimus homine.*

Me eché a reír.

–¡Eso no es latín! –exclamé.

Korrigan pareció ofenderse, mas no tardó en recuperar su extraviada sonrisa y, señalando mi almuerzo, preguntó:

–*¿Bonus est alimentus tuus? ¿Eh, bonus est?*

–¿Quieres un poco?

Asintió rápidamente, igual que un perro esperando unas migajas, así que partí el queso y le ofrecí la mitad junto con una torta de trigo. Korrigan cogió la comida como si fuera un inesperado tesoro y luego me contempló fijamente. Durante apenas un segundo, su mirada pareció recobrar la cordura.

–Gracias... –musitó–. *Tu amicus mei.*

Luego, profirió una loca carcajada y se alejó renqueando a toda prisa.

Durante la primera semana de nuestra estancia en Bretaña, no sucedió nada digno de mención. Helmut, el maestro albañil, había adjudicado diversas tareas a los normandos. Gunnar se ocupaba del transporte de materiales, y debo reconocer que era impresionante verle cargar con grandes piedras sillares como si no pesaran nada. A Loki le fue asignado el trabajo de ayudante de argamasero, pero el pequeño danés solía desaparecer de las obras nada más iniciarse la jornada y no volvía a vérsele hasta el día siguiente.

Ignoro a ciencia cierta cuál era la labor de Erik, pues se dedicaba a deambular de un lado a otro sin hacer nada en concreto. Yo sabía que le inquietaba la ausencia del enviado del Papa, pues mientras este no llegara tenía las manos atadas, y también le preocupaba lo que hacían los Caballeros del Águila. O, mejor dicho, lo que no hacían, pues los aquilanos permanecían encerrados en su fortaleza y solo unos pocos la abandonaban para patrullar por los alrededores del poblado. En realidad, lo que ocurría es que Erik era un guerrero, un hombre de acción, y no llevaba nada bien la inactividad.

Por lo demás, de vez en cuando aparecía en las obras Abraham Ben Mossé –para ser inmediatamente expulsado por el iracundo maestro Hugo–, y ocasionalmente nos visitaba Valentina. Cuando esto último ocurría, solían producirse muchos accidentes, pues la muchacha, que era muy bonita y llevaba a gala su recién estrenada femineidad, distraía a los trabajadores al pasear entre ellos, y no era raro que un carpintero se machacara un dedo con el martillo, o que a un albañil le saliera torcido un murete. Pero como Valentina resultaba agradable de contemplar, y además era la hija del jefe, nadie protestaba.

Y, mientras tanto, la catedral crecía.

Yo, por mi parte, me dedicaba a tallar el capitel que me había asignado el maestro Hugo. No lo hacía según el boceto, sino a mi manera, de modo que había convertido las espirales en un amasijo de serpientes entrelazadas y las volutas en hojas de parra. Al principio, los demás imagineros me ignoraron abiertamente, pero a los pocos días comenzaron a fijarse en mi trabajo, y me pareció adivinar en sus miradas una mezcla de sorpresa y envidia. Finalmente, seis días más tarde, maese Hugo se presentó en la logia y examinó por encima de mi hombro el capitel a medio esculpir.

—No estás siguiendo el boceto —dijo en tono neutro tras un largo silencio.

—Así es, maestro —bajé la mirada, arrepentido de mi osadía—. Pensé que de este modo quedaría mejor...

Maese Hugo se rascó, pensativo, el mentón y después la calva cabeza.

—Tienes razón —dijo—; es mejor así —sonrió—. Puede que tu padre no estuviera tan loco al enviarte, Telmo. Eres un imaginero condenadamente bueno.

Huelga decir que las alabanzas del maestro fueron como un bálsamo para mi ánimo, mas el gozo no tardó en transformarse en inquietud, pues justo aquel mismo sábado llegó a Kerloc'h Rambaldo de Siena, el imaginero que faltaba para dar comienzo a la extraña competición de talla en que yo iba a participar.

Y así fue como, al día siguiente, se celebró el concurso.

7

Habían levantado cuatro marquesinas frente a la catedral, cerca de la logia. En realidad, solo se trataba de unos tenderetes de tela y madera cuyo objetivo era proteger del sol a los concursantes. Bajo los toldos había cuatro bancos de trabajo y, sobre ellos, cuatro bloques de piedra de similar tamaño y forma.

Era domingo, día de descanso, pero todos los trabajadores se habían reunido allí desde primeras horas de la mañana para presenciar la competición. Los participantes también nos presentamos temprano, y paseábamos nerviosos en espera de que diera comienzo el concurso, salvo Rambaldo de Siena, un hombre de aire altanero y ricas vestiduras, que permanecía tranquilamente sentado en su tenderete, contemplando con desdén a Berenguer de Occitania y a Luis de Limoges, sus contrincantes. A mí ni siquiera se molestó en dirigirme una mirada.

Debían de ser las nueve cuando una pequeña comitiva abandonó la fortaleza de los aquilanos y se dirigió a la catedral. Eran seis jinetes, enteramente vestidos de negro –salvo por las rojas enseñas de la Orden del Águila de San Juan–, a cuyo frente cabalgaba un hombre maduro, de blancos cabellos y noble rostro. Al instante supe que era Corberán, el gran maestre de los aquilanos.

–¿Cuál de ellos es Corvus? –preguntó Erik a Hugo cuando los jinetes llegaron a nuestra altura.

El maestro sacudió la cabeza.

–Ninguno –susurró–. El capitán de los mercenarios no suele abandonar la fortaleza. Salvo que haya un ajusticiamiento, claro.

Sobrevino un profundo silencio. Corberán de Carcassonne bajó del caballo, se aproximó con tranquilo caminar a Hugo de Gascuña y, tras saludarle con una sonrisa, se volvió hacia nosotros, los imagineros.

–Ya sabéis para qué estáis aquí –dijo; su voz era grave y armoniosa–. El vencedor de este certamen será quien se encargue de tallar la imagen que ha de presidir el altar mayor de la catedral. Será un gran honor, sin duda, pero también una inmensa responsabilidad, pues el destino de esa obra es agradar a Dios –hizo una pausa y prosiguió–: La prueba que vais a pasar es muy sencilla; deberéis esculpir una imagen del arcángel san Miguel, el guerrero celestial que habrá de enfrentarse a los ejércitos de Satanás cuando llegue el Armagedón. Comenzaréis ahora mismo a tallar y luego, al atardecer, volveré para decidir cuál es la escultura más bella.

–Pero no podremos acabar, señor –protestó Berenguer–. Una jornada es poco tiempo para concluir una talla.

El gran maestre Corberán sonrió bondadosamente.

–Descuidad, creo que podré apreciar vuestro arte aunque el trabajo no esté concluso –dio una palmada–. Podéis comenzar la tarea; el certamen queda abierto.

Dicho esto, Corberán de Carcassonne montó de nuevo en su caballo y, seguido de su séquito, partió al galope de regreso a la fortaleza. Berenguer y Luis empuñaron sus herramientas y permanecieron pensativos frente a los bancos de trabajo, considerando el modo de encarar su labor; mas Rambaldo de Siena parecía haber decidido al instante cómo tallar la imagen de san Miguel, pues se puso a la tarea de inmediato.

En cuanto a mí, me aproximé al bloque de piedra y reflexioné unos instantes. San Miguel era el más poderoso de los ángeles, y la forma usual de representar la fuerza en una escultura es poniendo en tensión los músculos del modelo. «Sin embargo», me dije, «¿no hay más poder en una fuerza contenida que en otra desatada?». Entonces, ¿cómo tallaría ese san Miguel? ¿Del modo usual, o a mi manera?

Apenas tardé unos segundos en decidirlo: a mi manera, por supuesto. Descargué el mazo y la punta del cincel levantó una pequeña lluvia de esquirlas. La piedra era arenisca, pensé, un material blando y fácil de labrar. Luego, ya no pensé en nada más y me concentré tanto en mi tarea que pronto olvidé a mis competidores, y al centenar de personas que observaban nuestro trabajo, y al maestro Hugo, y a su hija Valentina, que no me quitaba ojo de encima, y a Erik, que parecía querer prestarme seguridad con su sonrisa. Lo olvidé todo, sí, salvo la imagen que estaba esculpiendo.

Y esculpí, esculpí y esculpí, durante horas, sin descanso, con el sudor corriéndome a raudales por la espalda y el brazo derecho dolorido de tanto golpear el cincel.

Y, sin que me diera cuenta, el sol describió un arco en el cielo y comenzó a declinar sobre el mar. Fue entonces cuando regresó el gran maestre para decidir quién era el ganador del concurso.

Bajo la amarillenta luz del atardecer, Corberán de Carcassonne examinaba atentamente las cuatro tallas que debía juzgar. Ninguna de ellas estaba conclusa, pero todas se hallaban lo suficientemente avanzadas como para apreciar el enfoque que cada uno de los imagineros había dado a su trabajo.

Berenguer de Occitania y Luis de Limoges habían tallado sus imágenes de modo similar. En ambas esculturas, el arcángel adoptaba una pose estática, con los brazos caídos a lo largo del torso y la espada, en posición vertical, sujeta entre las manos. Eran trabajos correctos, de notable ejecución, pero demasiado convencionales para mi gusto. El san Miguel de Rambaldo de Siena, por el contrario, mostraba una intensa fuerza, con el brazo derecho levantado blandiendo la espada, las piernas abiertas y los músculos en tensión. Era una escultura llena de expresividad y genio, una obra, me temí, muy superior a la mía.

Porque mi san Miguel era justamente lo opuesto al de Rambaldo. Lo había tallado en postura de descanso, reclinado sobre una roca, con la mano derecha descansando sobre la espada y la izquierda apoyada en una rodilla. Sus músculos estaban relajados, pero mantenía la mirada atenta, como si en cualquier instante fuera a incorporarse para descargar su furia. Lo que yo pretendía mostrar es la fuerza que se esconde tras la calma, pero ahora, en el momento de la verdad, las dudas me atenazaban.

Corberán de Carcassonne examinó en silencio las tallas de Luis y de Berenguer, se detuvo largo rato a contemplar la de Rambaldo y, finalmente, llegó frente a mi escultura. Al principio la miró con sorpresa, como si no acabara de comprender lo que estaba viendo, mas luego la curiosidad se instaló en sus pupilas.

—¿Lo has hecho tú? —me preguntó. Asentí con la cabeza y él agregó—: ¿No eres demasiado joven para ser imaginero?

—Quizá yo sea joven, señor, pero mi trabajo no tiene edad.

Al instante me arrepentí de haberle contestado de ese modo, pues era una respuesta fatua y altanera, mas el gran maestre la acogió con una sonrisa. Luego, sin otro comentario, se aproximó de nuevo a Rambaldo de Siena.

–Gracias por participar en este certamen, maese Rambaldo –le dijo–. Vuestro san Miguel es extraordinario.

Sentí un gran desánimo al comprender que el italiano había ganado. Rambaldo hinchó el pecho como un palomo y nos miró a todos con orgulloso desdén. Corberán de Carcassonne se acercó entonces al maestro Hugo y le dijo algo al oído. Hugo frunció el ceño y, tras una breve vacilación, se dirigió en voz alta a los presentes.

–El gran maestre Corberán ha tomado ya una decisión –hizo una larga pausa, como si quisiera saborear la expectación que estaba despertando, y finalmente anunció–: El triunfador del certamen es... ¡Telmo Yáñez!

¿Telmo Yáñez? ¿Era mi nombre el que había pronunciado?

La sorpresa fue tan grande que apenas pude reaccionar. Recuerdo el clamor que siguió al fallo del certamen, y a los compañeros masones felicitándome, y recuerdo la cara de incredulidad de Rambaldo de Siena, pero luego todo se vuelve fragmentario en mi memoria. En algún momento, el maestro Hugo me abrazó y me dijo que se alegraba de mi triunfo como si yo fuera su hijo. Luego, Valentina me plantó dos sonoros besos en las mejillas, y yo me sonrojé, y entonces Corberán de Carcassonne se aproximó a mí, me puso una mano en el hombro y dijo:

–Felicidades, Telmo. Estabas en lo cierto: tu trabajo no tiene edad.

Musité unas torpes palabras de agradecimiento, mas de pronto el gran maestre se volvió hacia Valentina y le preguntó:

–¿Quién eres tú, muchacha?

–Mi hija, señor –contestó Hugo–. Se llama Valentina.

–Valentina... –Corberán la contempló paternalmente–. ¿Cuántos años tienes, Valentina?

–Trece, señor.

–¿Trece? Estás muy desarrollada para ser tan joven. Dime, Valentina, ¿eres casta?

–Claro, señor; no estoy casada.

Corberán dejó escapar una alegre carcajada.

—¡Inocente criatura! —exclamó, divertido—. Por desgracia, muchacha, la soltería no basta para garantizar la castidad —le acarició la cabeza—. Bien, Valentina, recuerda que tu virginidad es el mejor regalo que puedes ofrecer a Dios.

—Lo tendré presente, señor.

El gran maestre asintió un par de veces, pensativo. Luego se aproximó a su caballo y montó en él, pero antes de partir con su séquito hacia la fortaleza, me señaló con un dedo y dijo:

—Telmo Yáñez, ven a verme mañana, a primera hora de la tarde. Debemos hablar largo y tendido acerca de la imagen que vas a tallar para el altar mayor de mi catedral.

Tras la partida de Corberán de Carcassonne, celebramos una fiesta, allí mismo, frente a la catedral. Se prendieron hogueras y sobre ellas comenzaron a asarse unos cabritos que, según supe, habían sido un regalo del gran maestre de los aquilanos. Hugo, por su parte, aportó unos odres de vino y un par de barriles de cerveza, y tres compañeros masones sacaron sus instrumentos musicales —una mandolina, un rabel y una flauta— y comenzaron a tocar alegres tonadas.

Al caer la noche, todo el mundo bebía, comía, reía o bailaba, y yo era el rey del festejo. Me sentía como en una nube, feliz y confuso al tiempo, mientras la gente me felicitaba una y otra vez. Incluso los templarios daneses me mostraron sus respetos. Gunnar dijo algo en su incomprensible idioma y luego me palmeó la espalda, con tanta fuerza que casi me desnuca. Loki me dedicó una burlona reverencia y luego me guiñó un ojo. Y Erik... Erik me felicitó también, sí, pero me pareció adivinar en su mirada cierta reserva, como si no acabara de satisfacerle del todo mi triunfo. Precisamente estaba charlando con él cuando hizo acto de presencia Abraham Ben Mossé. El judío se aproximó a mí, sonriente, y me saludó con un cabeceo.

—Felicidades, Telmo Yáñez —dijo—. Al parecer, la catedral de Kerloc'h ya ha encontrado un imaginero a su altura.

—Gracias, Abraham —repuse, con la voz algo turbia por el vino—. Y sed bienvenido. Hay mucha comida y bebida, tomad lo que gustéis.

—Te lo agradezco, pero mi religión no me permite...

En ese momento apareció el maestro Hugo, muy bebido y dando gritos.

–¡Largo de aquí, hebreo! –bramó mientras se aproximaba–. ¡Los usureros no sois bien recibidos en este lugar!

Ben Mossé dejó escapar un suspiro.

–Ah, maese Hugo; no sé si la hostilidad que mostráis por mi persona se debe al dinero que me debéis, a que soy judío o a ambas cosas.

El maestro se puso rojo de ira.

–¡Fuera, vete ahora mismo! –gritó.

–Me iré, me iré –sonrió el judío–. Pero antes debo deciros algo extraordinariamente importante. A vos, maese Hugo, y a vos, Erik de Viborg... –se volvió hacia mí–. Y a ti, Telmo. También tú debes oírme.

–¡Pero qué...! –comenzó a protestar Hugo, indignado; luego, la curiosidad pareció triunfar sobre el enojo y, con los brazos en jarras, preguntó–: Bueno, ¿qué es eso tan importante que quieres decirnos?

Ben Mossé miró a un lado y a otro para asegurarse de que nadie nos escuchaba.

–En realidad –dijo en voz baja–, es algo muy simple. Tan solo una palabra –hizo una pausa y, pronunciando lentamente, agregó–: Trismegistos.

Al principio no entendí lo que había dicho, o quizá la sorpresa me impidió entenderlo, pero al cabo de unos segundos caí en la cuenta de que «Trismegistos» era la palabra con que se identificaría el enviado secreto del Papa, y entonces me quedé con la boca abierta.

–¿Vos sois el enviado del Papa? –preguntó Erik, perplejo.

–Así es, caballero De Viborg; soy la humilde persona que el papa Martín IV ha designado como su representante aquí, en Kerloc'h.

–Pe-pe-pero eso es imposible –tartamudeó el maestro Hugo–. Eres judío...

–De eso se trata –rio Ben Mossé–. Siendo judío, nadie sospechará jamás que trabajo para Roma. En esta misión, el secreto es primordial.

–Pero ¿qué misión? –preguntó Hugo, patéticamente desconcertado–. Ha desaparecido un maestro constructor, eso es todo lo que ha sucedido...

Ben Mossé sacudió la cabeza.

–Os equivocáis. Han sucedido muchas cosas y no tardarán en suceder muchas más. Pero no es momento para hablar de ello. ¿Conocéis la cabaña que se encuentra en un claro del bosque, hacia el este, a un cuarto de legua del pueblo? Pues os espero allí, mañana por la mañana. Y huelga señalar que esa reunión debe permanecer en secreto.

El judío se despidió de nosotros con una breve reverencia y echó a andar de regreso al pueblo, pero no había dado más de diez pasos cuando se volvió hacia mí y, señalándome, dijo:

–Tú también debes acudir a la cita, Telmo. De hecho, eres el más importante de todos nosotros.

8

Al día siguiente, por la mañana, maese Hugo dejó a Helmut, el maestro albañil, al cuidado de las obras y, tras reunirse con Erik y conmigo, nos dirigimos juntos a la cabaña de Ben Mossé. Ninguno de nosotros abrió la boca durante el camino, en parte a causa de la resaca, pero también porque descubrir quién era el enviado de Roma nos había llenado de confusión.

Dejamos atrás el poblado y nos adentramos en el bosque siguiendo un sendero flanqueado de zarzas y espinos. Caminamos en silencio durante quince minutos, al cabo de los cuales llegamos a un amplio claro rodeado de castaños en cuyo centro se alzaba una pequeña construcción. Era una choza de adobe, con un techo de madera a dos aguas del que sobresalía una pequeña chimenea. Nos detuvimos un instante al borde del claro y miramos en derredor. El lugar parecía desierto, salvo por el humo que brotaba de la chimenea, de modo que echamos a andar hacia la cabaña.

Entonces, justo en ese momento, la puerta se abrió bruscamente y Abraham Ben Mossé cruzó el umbral a toda prisa. Al vernos, dio un grito de sorpresa y echó a correr hacia nosotros.

–¡Al suelo! –gritó mientras se aproximaba a la carrera.

Nos detuvimos en seco, totalmente desconcertados.

–Pero ¿qué sucede?... –masculló Hugo.

–¡Arrojaos al suelo! –volvió a gritar Ben Mossé.

Y, como si quisiera dar ejemplo, se arrojó a nuestros pies y se cubrió la cabeza con los brazos. Erik, quizá por su entrenamiento militar, fue el único que supo reaccionar y, aunque ignoraba la naturaleza del peligro, imitó prontamente al judío y se lanzó al suelo. Hugo se limitó a arquear las cejas y yo parpadeé, confundido.

Entonces sucedió.

De repente, en medio de un estampido ensordecedor, la cabaña reventó en mil pedazos, y yo sentí como si un gigante me diera un manotazo y me lanzara por los aires, y rodé por la hierba hasta tropezar con un árbol, mientras que una lluvia de tierra y cascotes se abatía sobre mí. La brutal detonación se desvaneció en una miríada de ecos, dejándome como recuerdo un desagradable zumbido en los oídos. Alcé, aturdido, la cabeza y vi que Ben Mossé estaba ya en pie, sacudiéndose el polvo de las ropas.

–¿Os encontráis bien? –preguntó–. ¿Ningún hueso roto?

Nos incorporamos y, tras estirar los miembros y tantearnos la carnes, decidimos que, aunque un tanto magullados, estábamos en buen estado. El maestro Hugo, atónito, volvió la mirada hacia el amasijo de humeantes ruinas en que había quedado convertida la cabaña.

–¿Qué ha pasado?... –musitó.

–Oh, un pequeño accidente –Ben Mossé contempló las ruinas de su choza y su mirada se iluminó–. Es maravilloso, ¿verdad? ¡Maravilloso!

Parecía feliz como un niño, lo cual se me antojó del todo absurdo, dada la catástrofe que se había abatido sobre su hogar.

–Vuestra casa está destruida, Abraham... –observé sin mucho sentido, pues aquello era evidente.

–¿Mi casa? –el judío me miró con perplejidad–. Ah, no, mi hogar está en Kerloc'h –señaló con un cabeceo las ruinas de la choza y agregó–: Esa cabaña la utilizaba para practicar ciertos experimentos. De hecho, os había convocado en este lugar para mostraros algo... Aunque ya lo habéis visto, ¿no es cierto? Una explosión muy hermosa, bellísima. Pero ya nada tenemos que hacer aquí, así que seguidme.

Ben Mossé, de muy buen humor, echó a andar de regreso al poblado y nosotros, después de intercambiar unas miradas de perplejidad, fuimos tras él. Un cuarto de hora más tarde llegamos a la casa del judío, una espaciosa construcción de madera situada a las afueras de Kerloc'h. Ben Mossé abrió la puerta con una voluminosa llave de hierro –debía de ser la única casa del poblado que tenía cerradura– y nos franqueó el paso. Al entrar, vimos que la vivienda estaba abarrotada de extraños artefactos y que en el centro de la estancia, sobre una gran mesa, se amontonaban retortas, matraces, frascos y alambiques.

—Sois alquimista, ¿verdad, Abraham? —comentó Erik contemplando el raro instrumental.

—Lo soy, lo soy —rio el judío—. De hecho, nuestro santo y seña, Trismegistos, que significa «tres veces grande», es uno de los atributos de Hermes, el legendario fundador de la alquimia; aunque solo son leyendas, claro.

¿Alquimista? Eso sonaba muy parecido a mago, así que me santigüé para espantar la mala suerte. Ben Mossé advirtió mi gesto y, tras una nueva carcajada, declaró:

—La alquimia no es magia, Telmo. Cierto es que la practican los árabes y los chinos, pero también los cristianos, incluso los obispos, como ese dominico llamado Alberto Magno. Lo que la alquimia hace es intentar comprender la naturaleza. Por ejemplo, antes visteis que mi choza del bosque saltaba por los aires, ¿verdad? Pues bien, ¿cómo ha sido posible?

Sin esperar respuesta, el judío abrió un frasco de cristal lleno de un polvo negruzco, cogió un puñado, se aproximó al hogar, donde ardían débilmente unos leños medio consumidos, y arrojó a las llamas la extraña sustancia. Instantáneamente, un intenso fogonazo brotó del hogar y la estancia se llenó de un humo acre que me hizo toser.

—*Pulvis nigrum* —dijo Ben Mossé, sacudiéndose las manos—, también llamado *pulvis catapultarius*. Una sustancia que explota, ¿qué os parece?

—Oí hablar de ella en España —comentó Erik—. Ahí la llaman «pólvora».

—Pólvora, sí. La inventó un sabio chino, Sun Simao, hace setecientos años, y ha llegado hasta nosotros gracias a los alquimistas árabes. Pero ¿cómo se consigue? ¿Hay que realizar extraños sortilegios y raros conjuros? Nada de eso. Tomamos dos medidas de salitre, una de azufre y otra de carbón de sauce, lo mezclamos todo en un matraz y ya está, obtenemos *pulvis nigrum*.

—¿Para qué necesitáis la pólvora, Abraham? —preguntó Erik.

Ben Mossé guardó unos instantes de silencio.

—Ahora hay otros temas que tratar —dijo finalmente—. Ya hablaremos de eso. Sin embargo, ¿para qué quiero pólvora?... Para destruir algo, por supuesto.

Abraham Ben Mossé despejó unos taburetes –que se hallaban atestados de pergaminos y libros– y nos invitó a tomar asiento.

–Bien, amigos míos –dijo mientras se acomodaba sobre un arcón de madera–, ¿por dónde empezamos? ¿Quizá por la Orden del Águila de San Juan de los Siete Sellos?

Erik contempló al judío con curiosidad, como si estuviera evaluándole y no le desagradara lo que veía en él.

–Buena idea –asintió–. Comencemos por los aquilanos.

El interior de la casa estaba iluminado por el débil resplandor que se filtraba a través de las láminas traslúcidas de cuerno de carnero que cubrían las ventanas. Ben Mossé, con la mitad del rostro en sombras, se cruzó de brazos y apoyó la espalda contra el muro.

–La Orden del Águila de San Juan –dijo– apareció en Tierra Santa hará cosa de veinte años. Fue fundada por el noble occitano Corberán de Carcassonne; ya le conocéis: un barón arruinado que se sumó tardíamente a las cruzadas, quizá en busca de fortuna. El caso es que la Orden, aunque poco numerosa, luchó durante muchos años contra los sarracenos, y lo hizo con valor y coraje, nada puede objetárseles en tal sentido. Pero... –Ben Mossé hizo una breve pausa y prosiguió–: Pero la Orden nunca ha sido aceptada por Roma. ¿Y sabéis por qué? Pues porque el gran maestre Corberán jamás le ha solicitado al Papa dicha aceptación.

–¿Y por eso está interesado el Papa en Kerloc'h? –preguntó el maestro Hugo.

–Entre otras razones. Tened presente que todas las órdenes militares deben someterse a la autoridad pontificia –Ben Mossé le dedicó una sonrisa a Erik–. Incluso los poderosos templarios. Pero no es ese el único motivo. Se dice que, en Tierra Santa, los aquilanos mantuvieron contactos con ciertas sectas secretas musulmanas, como por ejemplo los seguidores del Viejo de la Montaña, los *assissini*. Por otro lado, tenemos la misteriosa desaparición de la Orden, hace once años. Y, por supuesto, el robo del tesoro templario de Acre –dudó unos instantes–. Aunque no podemos asegurar a ciencia cierta que los aquilanos estuvieran implicados, claro.

Erik, cuyo rostro se había ensombrecido al tratar el tema del robo, preguntó:

–¿Se encuentra Simón de Valaquia en Kerloc'h?

–¿Simón de Valaquia?... Ah, el templario traidor que se apoderó del tesoro... –Ben Mossé sacudió la cabeza–. Que yo sepa, ningún miembro de la Orden lleva ese nombre, pero es difícil asegurarlo, pues los aquilanos casi nunca abandonan su fortaleza –alzó un dedo, como si quisiera llamar la atención sobre un punto importante–. Y eso –prosiguió– nos conduce a la pregunta clave: ¿qué están haciendo los aquilanos en Kerloc'h? Veamos, la Orden llegó a Bretaña hace poco más de diez años, y lo primero que hizo Corberán fue donar una cuantiosa suma al gran duque Jean Le Roux. En otras palabras: compró su favor. El duque otorgó a la Orden la encomienda de Kerloc'h, unas tierras incultas y salvajes de muy escaso valor, y se olvidó del asunto. Luego, tras instalarse aquí, los aquilanos iniciaron la construcción de una catedral...

–¿Y de dónde sale todo ese oro? –le interrumpió Erik–. Los aquilanos carecen de encomiendas y donaciones, pero sobornar a un duque supone mucho dinero, y mucho más cuesta construir una catedral. ¿Cómo pueden afrontar tales gastos?

Ben Mossé se encogió de hombros.

–Lo ignoro, señor de Viborg. Vos pensáis que ese dinero procede del tesoro robado, y es muy posible que así sea, mas carecemos de pruebas. Pero eso ahora no importa. Lo que debemos plantearnos es por qué la Orden del Águila está construyendo una catedral aquí, en un remoto lugar muy alejado de las principales rutas y por el que nadie pasa jamás.

La pregunta quedó suspendida en el aire, como un negro nubarrón que amenazara tormenta. El maestro Hugo se removió inquieto sobre su taburete. Parecía cohibido, cosa que no era de extrañar, pues llevaba mucho tiempo tratando desabridamente a una persona, el judío Ben Mossé, que de pronto se había convertido en el mismísimo representante del Papa.

–¿Por qué no os identificasteis antes, Abraham? –preguntó el maestro en tono compungido.

–Quería esperar al resultado del certamen de escultura –respondió Ben Mossé–. Era muy importante que Telmo resultara vencedor.

Di un respingo al advertir que mi nombre entraba repentinamente en la conversación, y me disponía a formular una pregunta cuando el maestro Hugo se adelantó:

–No lo entiendo. ¿Qué importancia tiene el concurso?

Una amplia sonrisa se dibujó en el rostro del judío.

–¿Habéis estado alguna vez en la fortaleza de los aquilanos, maese Hugo? –preguntó.

–No...

–Ni vos ni nadie. Ninguna persona ajena a la Orden ha cruzado jamás las puertas de esa fortaleza. Sin embargo, ahora, esta misma tarde, nuestro joven amigo Telmo entrará en ella para entrevistarse con Corberán. Y, de paso, quizá pueda averiguar qué está ocurriendo tras esos muros.

Todas las miradas convergieron en mí, lo cual, unido al papel de espía que inesperadamente me tocaba interpretar, me puso muy nervioso.

–¿Y el maestro Thibaud? –intervine por primera vez, quizá para espantar el silencio que se había abatido sobre nosotros–. ¿No os importa su desaparición?

–Oh, sí, claro que me importa –repuso Ben Mossé–. Es un elemento más de esta trama, aunque todavía ignoro su significado. Ya veremos...

Erik se puso en pie y estiró los brazos, como si tanta quietud le hubiera entumecido los miembros.

–¿Qué nos decís de la explosion que destruyó vuestra cabaña, Abraham? –preguntó.

–Fue un desafortunado accidente. Sin querer, derramé un candil de aceite sobre un barril de pólvora...

–¿Y por qué estáis haciendo pólvora?

Ben Mossé suspiró.

–Quizá sea preciso destruir lo que se está construyendo.

El maestro Hugo abrió desmesuradamente los ojos.

–¿Os proponéis destruir mi catedral? –exclamó, consternado.

–Confío en que no sea necesario, pero... –el judío volvió a suspirar y completó la frase–: quién sabe.

–Una cuestión más, Abraham –terció Erik–. Ya sabemos por qué el Papa está interesado en este asunto, y también conocemos los motivos del Temple y de los francmasones. Pero ¿y vos? Sois judío, en nada os atañe lo que aquí pueda suceder. ¿Qué interés tienen los judíos en Kerloc'h?

Todo atisbo de sonrisa desapareció del rostro de Ben Mossé. Desvió la mirada, cobijándola entre las sombras, y guardó un prolongado silencio.

–Algunos sabios de mi pueblo practican un arte místico al que llaman cábala –dijo al fin con voz neutra–. La cábala consiste en examinar, según ciertas reglas, los textos sagrados, buscando en ellos nuevas revelaciones. A veces, esas revelaciones adoptan la forma de profecías y el estudioso logra percibir retazos del futuro –hizo una larga pausa–. Hay un hombre sabio, un hebreo llamado Moisés de León, que escribió el *Sefer ha-Zohar*, el *Libro del Esplendor*, un tratado sobre la cábala. Hace dos años, cuando se hallaba inmerso en el estudio de las palabras sagradas, Moisés tuvo una visión profética. ¿Sabéis lo que vio? Vio Kerloc'h, vio su catedral, y supo que aquí se dirimiría el destino del orbe, pues el mayor horror que pueda concebirse, la más atroz maldad que podamos imaginar, pronto sentaría sus reales en este remoto rincón de Bretaña –bajó la voz y agregó con un susurro–: Según dicen, su visión fue tan terrible que, de la noche a la mañana, los cabellos de Moisés se volvieron blancos como la nieve.

Las palabras murieron en sus labios igual que se diluye en la lejanía el eco de un trueno. Sentí que un escalofrío me recorría la espalda, pero mayor aún fue mi sobresalto cuando Ben Mossé clavó en mí su mirada y me señaló con un dedo.

–Pero Moisés de León vio algo más –dijo en voz muy queda–: Te vio a ti, Telmo, te vio a ti...

No me agradaba lo más mínimo estar en los sueños de un desconocido hebreo. Aquello se me antojaba muy parecido a la hechicería y yo no deseaba enredarme en esa clase de asuntos. Pero debía hacerlo. Tampoco me gustaba verme convertido en espía, mas ¿qué otra alternativa me quedaba?

Tras la reunión en casa de Ben Mossé, regresamos a las obras de la catedral, aunque lo cierto es que apenas pude concentrarme en el trabajo, pues mi inquietud crecía conforme se aproximaba el momento de encontrarme con el gran maestre Corberán. Después de comer, con escaso apetito y ánimo sombrío, hice de tripas corazón y me dirigí a la fortaleza. Estaba muy cerca del pueblo; bastaba con seguir el sendero que bordeaba la playa y remontar la cuesta hasta lo alto de los acantilados. No serían más de mil pasos, apenas cinco minutos de tranquilo caminar, pero a mí se me antojaron interminables.

Cuando llegué a la fortaleza, descubrí que el rastrillo del portalón de entrada se hallaba subido, dejando franco el paso, pero tres mercenarios turcos lo custodiaban. Debían de estar advertidos de mi llegada, pues ni siquiera tuve que presentarme; uno de los centinelas, un tipo de grandes mostachos y rostro ceñudo, prendió una antorcha y me indicó por señas que le siguiera. Cruzamos el portal y nos adentramos en un oscuro corredor cuyos muros, de piedra sin desbastar, eran muy viejos y olían a humedad y a moho. De vez en cuando se oían voces en la lejanía, mas el lugar parecía desierto y no nos cruzamos con nadie en todo el trayecto.

Finalmente, después de dar muchas vueltas por aquellos ominosos pasillos, el turco se detuvo frente a una puerta de madera, la abrió y, con un brusco ademán, me invitó a pasar. Lo hice y me encontré en una espaciosa sala con el techo muy alto y varias ventanas en sus muros. La estancia estaba vacía de todo mueble o adorno, salvo por un banco de trabajo sobre el que descansaba el san Miguel que había tallado para el certamen. A la derecha se alzaba un bloque de mármol rojizo de unas dos varas y media de altura, y entre la talla y la piedra, vestido con una sencilla túnica negra, se encontraba el gran maestre Corberán de Carcassonne.

—Buenas tardes, Telmo Yáñez —me saludó con una sonrisa. Luego volvió la mirada hacia la talla y dijo—: ¿Sabes? Llevo todo el día preguntándome por qué esculpiste a san Miguel de esta manera.

Tragué saliva y me aclaré la garganta con un carraspeo. Estaba muy nervioso.

—Me he fijado en las personas fuertes, señor —musité—. No suelen mostrar tensión, sino tranquilidad, porque están seguras de sí mismas. Eso es lo que quise reflejar en mi escultura.

—Y a fe mía que lo conseguiste —Corberán apartó la mirada de la escultura y la volvió hacia mí—. Eres un excelente imaginero, muchacho, y además no sigues los patrones tradicionales, haces las cosas a tu manera. Tus esculturas parecen vivas, y esa es la cualidad que deseo para la imagen que ha de presidir el altar mayor de mi catedral.

—Procuraré no defraudaros, señor —murmuré.

Corberán se aproximó a mí y me contempló largamente. Era un hombre fornido, de rostro noble y armonioso, y, aunque debía de rondar los cincuenta años de edad, estaba lleno de energía y determinación. Mas en sus ojos, intensamente azules, se percibía una intensa paz, lo que, unido a la blancura de sus cortos cabellos, le confería una apariencia bondadosa.

–Estoy seguro de que no me defraudarás –dijo con suavidad–. Y yo te recompensaré generosamente por ello –se aproximó al bloque de piedra–. He mandado traer este mármol del país de los belgas. ¿Crees que te servirá?

–Depende de lo que queráis que talle, señor...

Corberán comenzó a pasear de un lado a otro de la sala, como si el movimiento le prestara elocuencia. A medida que hablaba, agitaba las manos con creciente entusiasmo.

–Quiero que esculpas la imagen de un ser angelical. Deseo que des forma a un espíritu luminoso transmutado en humano, que talles una figura llena de poder y de esplendor, el más bello y vigoroso de todos los ángeles, el preferido de Dios. ¿Me comprendes?

–¿Os referís a san Miguel, señor?

El gran maestre asintió.

–Por supuesto; el arcángel Miguel es el favorito de Dios, pues él comandará sus ejércitos cuando llegue la batalla final contra Satanás –su mirada se iluminó–. Al san Miguel que vas a tallar, Telmo, me lo imagino con esa energía contenida que reflejaste en tu talla, pero también desafiante, con la mirada vuelta hacia el cielo, como si retase a un dragón. ¿Entiendes lo que quiero decir, Telmo?

–Haré unos bocetos y os los mostraré, señor.

Corberán acogió con un aprobador cabeceo mi propuesta y luego abarcó con un amplio ademán la sala donde estábamos.

–Trabajarás aquí –anunció–. Vendrás todas las mañanas, a primera hora, y te retirarás al mediodía, para que puedas proseguir con tu trabajo en la catedral. El maestro Hugo asegura que las obras quedarán concluidas en dos meses. ¿Estará acabada la imagen para entonces?

Me acerqué al bloque de mármol y lo rocé con la yema de los dedos para comprobar su dureza.

–Creo que sí, señor –repuse–. Al menos, lo intentaré...

Corberán me regaló una luminosa sonrisa y luego pasó un brazo por mis hombros.

–Te acompañaré a la salida –dijo mientras me conducía a la puerta–. Los corredores de este viejo castillo son muy sinuosos y resulta fácil perderse –me palmeó amistosamente la espalda–. Tengo muchas esperanzas puestas en ti, Telmo. Estoy seguro de que la imagen que vas a tallar será una obra prodigiosa...

El gran maestre tenía razón; la escultura en que yo iba a trabajar durante las siguientes semanas sería prodigiosa, pero de un modo muy diferente al que pensaba.

9

Ningún suceso de importancia acaeció hasta que Helmut, el maestro albañil, encontró la cripta secreta de la catedral; pero no debo narrar tal incidente ahora, pues hacerlo prestaría a mi relato una falsa impresión de premura, ya que tal cosa tardaría más de un mes en suceder. Lo cierto es que las semanas que siguieron a mi entrevista con el gran maestre estuvieron presididas por una plácida monotonía, como la calma que precede a la tormenta.

Poco pude decir a Erik y Ben Mossé sobre la fortaleza de los aquilanos. ¿Qué había visto? Nada. ¿Cabía alguna posibilidad de descubrir algo en el futuro? Ninguna. Ben Mossé mostró mucho interés en la estatua del altar mayor, pero pareció decepcionarse cuando le dije que sería una imagen del arcángel Miguel.

–¿Por qué san Miguel? –se preguntó a sí mismo en voz alta–. Suponía que la catedral estaría consagrada a san Juan... –torció el gesto–. ¿El arcángel Miguel, dices? Pero si ya tiene un santuario no muy lejos de aquí... –se encogió de hombros y luego me preguntó–: ¿Qué opinas del gran maestre, Telmo?

–A mi modo de ver –le dije–, Corberán de Carcassonne es un hombre bondadoso y amable, un viejo monje guerrero al que la edad y la experiencia han conferido una singular paz interior.

A Erik no parecieron convencerle mucho mis argumentos y, en tono impaciente, le preguntó a Ben Mossé qué planes tenía. El judío, tras unos segundos de reflexión, contestó: «Esperar». Y así quedó la cosa.

Desde aquel día, cada mañana me dirigía a la fortaleza para comentar con Corberán de Carcassonne los diversos bocetos que realizaba, hasta que, tres jornadas más tarde, el gran maestre quedó conforme con uno de ellos. Entonces comencé a esculpir. La primera parte del trabajo era la más pesada y aburrida, pues consistía en eliminar la piedra sobrante del bloque de mármol hasta conseguir las líneas generales de la forma. Para ello utilizaba un pesado martillo de desbastar y, al acabar la mañana, tenía el brazo tan cansado y dolorido de tanto martillear, que a duras penas lograba afrontar las labores que por la tarde me esperaban en la catedral.

Con frecuencia, mientras trabajaba en la imagen del altar mayor, el gran maestre Corberán me visitaba. Por lo general se limitaba a observarme en silencio, pero a veces charlaba conmigo sobre las técnicas de mi oficio, o me leía pasajes de la Biblia, pues sostenía la opinión de que la palabra de Dios tendría la virtud de inspirar mi trabajo.

Poco después de iniciar el tallado de la estatua, tuvo lugar un encuentro muy inquietante. Por lo usual, cada mediodía, al concluir mi jornada de trabajo, venía a buscarme uno de los centinelas turcos y me conducía a través del dédalo de corredores hasta la salida de la fortaleza. Sin embargo, cierto día no fue así: dieron las doce de la mañana y nadie vino a buscarme. Una hora más tarde, cuando mi vacío estómago comenzaba a protestar, me asomé por la puerta y di unas voces, pero nadie contestó. Al cabo de otra media hora quedó claro que se habían olvidado de mí, de modo que prendí un candil de aceite y abandoné el taller por mi cuenta.

Pensaba que, después de haber recorrido varias veces los pasillos de la fortaleza, me resultaría fácil encontrar la salida, pero estaba equivocado; aquello era un laberinto en el que no tardé en perderme. Pasé mucho rato dando vueltas y más vueltas, siempre en total soledad, lo cual me dejó perplejo, pues se suponía que en aquel baluarte, entre aquilanos y mercenarios, debía de haber unos sesenta hombres; mas no encontré ni rastro de ellos.

Finalmente, unos diez minutos más tarde, acabé desembocando en un largo corredor, al final del cual podía verse la luz del sol filtrándose por una estrecha ventana. No sabía dónde estaba, pero sí que no había pasado antes por ahí, de modo que eché a andar pasillo adelante. Y entonces, una figura surgió de las sombras y se detuvo a unos veinte pasos de donde yo me encontraba.

Era un hombre muy alto, enteramente vestido de negro. No podían distinguirse bien sus rasgos, pues el resplandor de la ventana apenas incidía sobre él, pero advertí que su mirada era negra e intensa –con las pupilas como agujas candentes clavadas en mí–, y que tenía la nariz larga y curvada, como... ¿como el pico de un cuervo?

–¿Qué haces aquí, niño? –preguntó con voz carente de inflexiones.

Me detuve en el acto y tragué saliva. La voz de aquel hombre, sin ser del todo amenazadora, le helaba a uno la sangre en las venas, y su estampa, negra como una sombra, con la mano diestra descansando sobre el pomo de la espada, no contribuía tampoco a tranquilizarme.

–Yo... yo... –balbucí–. Soy... Telmo Yáñez y...

–¿Qué haces aquí? –repitió él en tono helado.

–Pues... estaba esculpiendo y... bueno, no han venido a buscarme y he buscado la salida... y me he perdido...

Una sonrisa de hielo brilló entre las sombras.

–Vaya, vaya; así que tú eres el amiguito de Corberán, el que le está construyendo su preciosa estatua –la sonrisa se disolvió en la oscuridad–. No vuelvas a abandonar el taller sin compañía. ¿Me has entendido?

–Sí, señor...

–Aguarda aquí y no se te ocurra moverte de donde estás. Enviaré a uno de mis hombres a buscarte.

La negra silueta desapareció entre las sombras y yo me quedé en medio del corredor, muerto de miedo sin saber por qué. Poco después llegó uno de los mercenarios turcos y me condujo a la salida.

Mientras me dirigía al poblado, bajo un sol cuyo resplandor jamás se me había antojado tan reconfortante, me juré a mí mismo que nunca, por ningún motivo, volvería a internarme yo solo en la laberíntica fortaleza de los aquilanos.

Entretanto, las obras de la catedral de Kerloc'h se aproximaban a su fin. El verano estaba siendo inusitadamente seco y la ausencia de lluvia permitía que las labores de construcción se desarrollaran a buen ritmo. Las bóvedas estaban prácticamente concluidas y solo llevaba algo de retraso la torre del campanario, pues su altura era inmensa.

A finales de julio llegó a Kerloc'h la gran campana que ocuparía la cúspide de la torre cuando esta quedara concluida. Había sido forjada en una fundición de Quimper y era tan grande y pesada que para su traslado fue preciso emplear un gran carro tirado por seis bueyes. La descomunal campana, protegida por balas de paja, se guardó en un cobertizo, a la espera de que llegara el momento de izarla a la torre.

Por lo demás, la vida en el poblado seguía su curso. El maestro Hugo dirigía las obras con mano firme, afanándose en cumplir los plazos comprometidos con el gran maestre. A principios de agosto se presentaron, procedentes de la encomienda normanda de Renneville, los quince templarios cuya llegada Erik había anunciado. Vinieron en secreto, simulando ser trabajadores de la piedra, aunque estoy seguro de que llevaban un buen número de armas ocultas en sus alforjas. Hugo, para su infortunio, tuvo que ocuparlos en la cantera, y pronto nos encontramos con más material de construcción del que jamás podríamos usar.

En cuanto a mis compañeros daneses, a Loki apenas le veía y Gunnar parecía feliz transportando piedras en la obra –supongo que lo consideraba un buen ejercicio para sus ya de por sí enormes músculos–; pero Erik llevaba mal la inactividad. Su ánimo se tornó taciturno y solía pasear de un lado a otro, como una fiera enjaulada. Ben Mossé, por su parte, se tomaba las cosas con gran tranquilidad, aunque andaba un tanto preocupado, pues le costaba encontrar el azufre que precisaba para fabricar su tan preciada pólvora.

Muchas tardes, mientras yo estaba en la logia tallando modillones o capiteles, me visitaba el loco Korrigan y se quedaba unos minutos a mi lado, viéndome trabajar. Al cabo de un rato, solía decir en su falso latín:

–Tú *magnificus sculptor* –luego se alejaba renqueando, mientras proclamaba a voz en cuello–: ¡*Magister est Telmo Yáñez!* ¡*Summus magister est!*

Al parecer, desde que compartí con él mi almuerzo, aquel pobre tullido me había tomado gran aprecio, profesándome un afecto al que, si he de ser sincero, yo correspondía, pues me agradaba su bondadosa inocencia. También me visitaba con frecuencia Valentina, la hija de Hugo. Llegaba a la logia a media tarde y se pasaba las horas observándome trabajar, en silencio, con curiosidad y –creo yo– un punto de embeleso. Y es que Valentina, desde el momento en que gané el certamen de escultura, cambió por completo su actitud hacia mí, pasando de la altanera indiferencia que me mostraba en un principio a la admiración, y de esta a un interés que, pese a su juventud, nada tenía de infantil.

Yo me repetía una y otra vez que solo era una niña y me forzaba a no mirarla siquiera, lo cual resultaba de lo más incómodo, pues seguíamos compartiendo dormitorio en la casa del maestro. Una tarde, no recuerdo cuándo, me hallaba en la logia tallando un capitel cuando apareció Valentina. Estábamos solos, así que la muchacha, aprovechando la intimidad, se aproximó a mí y me preguntó:

–Telmo, ¿quieres ser maestro constructor, como mi padre?

–Así es –contesté sin mirarla–. Pero si las mocosas como tú no dejan de distraerme, nunca llegaré a serlo.

Valentina ignoró el comentario y se quedó mirándome muy seria.

–Pues si te propones ser un *lathomus*, lo conseguirás –dijo con determinación–. Y entonces serás rico y afamado, vivirás entre la nobleza y te codearás con los obispos –meditó unos instantes y concluyó–: Por eso, Telmo, he decidido que me casaré contigo.

Dejé caer el martillo y el cincel sobre el banco y me quedé mirando a la muchacha de hito en hito.

–¿Te has vuelto loca? –exclamé–. ¡No pienso casarme contigo!

–Sí que lo harás –replicó ella con firmeza.

–No, no lo haré. ¿Y sabes por qué? Porque no me gustas; eres demasiado joven y descarada.

Valentina sonrió, totalmente segura de sí misma.

–Sí que te gusto –dijo con picardía–. Pero piensas que todavía soy una niña y eso te incomoda –se encogió de hombros–. No importa, puedo esperar –irguió el busto y agitó un dedo delante de mi nariz–. Pero escucha una cosa, Telmo Yáñez: no te quepa la menor duda de que, tarde o temprano, tú y yo nos casaremos.

Dicho esto, Valentina se dio la vuelta y abandonó la logia con la dignidad de una gran dama. Debo reconocer que la determinación de aquella muchacha me daba un poco de miedo.

Y, en fin, así fue pasando el tiempo en Kerloc'h, sin sobresaltos, sosegadamente... Hasta que un día, poco antes de la Virgen de Agosto, Helmut descubrió uno de los secretos de la catedral. Aquel día, yo me había demorado más de lo usual en la fortaleza, porque, tras concluir la forma general de la escultura, había comenzado a trabajar los detalles, labor esta que me absorbía hasta el punto de hacerme olvidar las exigencias de mi estómago. Llegué, pues, a las obras de la catedral un par de horas después del almuerzo y me encontré al maestro Hugo esperándome muy agitado.

–¿Cómo es que llegas tan tarde? –me preguntó; y sin esperar respuesta, prosiguió nerviosamente–: Tenemos que reunirnos. Ahora mismo. Helmut ha descubierto algo en la catedral, algo muy importante. Pero no logro encontrar a ese templario, el de Viborg. ¿Sabes dónde está?

Últimamente, Erik y Gunnar solían dirigirse al bosque por las tardes, aunque ignoraba exactamente adónde. Así se lo dije al maestro y él me contestó:

–Ve a buscarle, Telmo; es muy urgente. Yo iré por Ben Mossé y nos encontraremos en la catedral. ¿De acuerdo? ¡Vamos, date prisa!

Eché a correr hacia el bosque y estuve un rato recorriendo las arboledas cercanas al poblado. Al cabo de media hora, mientras seguía un sendero paralelo al cauce seco de un arroyo, oí el sonido de un entrechocar metálico que parecía provenir de un calvero situado detrás de unos castaños, cerca de donde yo estaba. Me dirigí allí, sorteando las zarzas y los espinos que cubrían esa zona del bosque, mas cuando finalmente llegué, casi me caigo del sobresalto.

Porque, en efecto, eran Gunnar y Erik quienes estaban en medio del claro; pero lo que hacían era blandir sus espadas el uno contra el otro, en lo que me pareció un duelo a muerte.

Al principio creí que iban a matarse, tal era la ferocidad de sus golpes, pero luego advertí que Loki también se encontraba allí, sentado sobre una piedra, contemplando tranquilamente el enfrentamiento. Me aproximé a él y le pregunté alarmado qué pasaba.

–Nada –contestó–. Practican.

Volví la mirada hacia la escena del combate. Reconozco que en aquel momento, fascinado por la pericia con que ambos contrincantes esgrimían sus armas, me olvidé del maestro Hugo y de nuestra urgente cita en la catedral. Fijándome bien, me di cuenta de que los golpes no los descargaban con el filo, sino con el plano de las espadas, pero aun así la lid era terrible. De hecho, el que parecía llevar la peor parte era Erik, pues apenas podía hacer otra cosa que contener los ataques de Gunnar, mucho más alto y fuerte que él.

Durante un buen rato, el gigantesco normando no cesó de descargar su pesada espada contra Erik, que a duras penas lograba bloquear los golpes con el escudo, y que solo de vez en cuando contraatacaba con alguna tímida finta. Gunnar era un contrincante temible, y eso quedó patente cuando, al poco, Erik se vio obligado a retroceder, primero lentamente, luego a zancadas, esquivando por escasas pulgadas los brutales mandobles que le dirigía el gigante. De pronto, como colofón a una salvaje acometida, Gunnar descargó su espada de derecha a izquierda, asestando un golpe tan potente que le arrancó a Erik el escudo de las manos.

El templario, viéndose indefenso, retrocedió un par de pasos, hasta que su espalda tropezó con uno de los castaños que bordeaban el claro. Durante un par de interminables segundos, los contendientes permanecieron inmóviles, mirándose fijamente, como si el tiempo se hubiera suspendido.

De pronto, Erik enarboló la espada con ambas manos y, profiriendo un grito, se abalanzó contra Gunnar. Hasta yo, que no sé nada de esgrima, me di cuenta de que, atacando a pecho descubierto, Erik quedaba al alcance del arma de su rival, e igualmente lo supo Gunnar, que, con una sonrisa de triunfo, lanzó el plano de su espada contra el costado de Erik. Pensé que ahí se acababa el combate, y así fue, pero no del modo que había supuesto.

Porque un instante antes de que el arma de Gunnar le alcanzara, Erik se arrojó al suelo, dio una voltereta y quedó de rodillas frente al gigante, el brazo derecho extendido y la punta de su espada suspendida justo a una pulgada del estómago de su contrincante. Al comprender que si Erik no hubiese contenido su inesperado ataque aquella finta habría sido mortal, Gunnar profirió una seca maldición, arrojó su arma al suelo y se alejó unos pasos mascullando quién sabe qué en su indescifrable idioma. Loki comenzó a aplaudir y Erik, sin hacer alarde de su victoria, se secó el sudor que le perlaba la frente y recogió el caído escudo. Entonces se percató de mi presencia.

–¿Qué haces aquí? –me preguntó, todavía jadeante.

De pronto, recordé el encargo del maestro Hugo.

–Helmut ha encontrado algo en la catedral –repuse apresuradamente–. Maese Hugo dice que debemos reunirnos con él y con Abraham ahora mismo.

Sin perder un instante, Erik entregó sus armas a Loki y juntos nos dirigimos a Kerloc'h. Encontramos al maestro en compañía de Helmut y Ben Mossé, aguardándonos en el pórtico de la catedral.

–¿Dónde estabais? –preguntó Hugo con los brazos en jarras–. Llevamos una eternidad esperándoos...

–Telmo dice que habéis hallado algo –le interrumpió Erik–. ¿El qué?

Hugo dirigió una mirada de soslayo a Helmut. El maestro albañil, cuyo rostro mostraba una seriedad más extrema de lo usual, nos indicó con un gesto que le siguiéramos, abrió el portalón de entrada y se introdujo en el templo. El sol del atardecer se filtraba por los coloreados cristales del rosetón, proyectando sobre las losas del suelo la roja silueta de un águila. Nuestros pasos despertaron un enjambre de ecos mientras cruzábamos la nave central. Helmut se detuvo junto al muro norte y nos dijo:

–Llevo semanas registrando la catedral, pero hasta ayer no se me ocurrió buscar pasajes ocultos, así que he pasado toda la noche golpeando las paredes. Hasta que he llegado aquí –señaló un paño del muro– y he descubierto que sonaba a hueco.

Había una gruesa argolla de hierro encastrada en la pared. Helmut la cogió con ambas manos y tiró de ella con fuerza. Mientras lo hacía, una parte del muro comenzó a descorrerse, mostrando el oscuro pasadizo secreto que había detrás.

El pasadizo oculto era en realidad una pequeña escalera que se adentraba siete u ocho varas en el subsuelo, hasta desembocar en una cripta. Helmut prendió una antorcha y comenzamos a bajar los escalones, adentrándonos en una oscuridad que el tenue resplandor de la tea no lograba disipar.

El interior de la cripta parecía enteramente vacío, salvo por las cuatro gruesas columnas que sustentaban la bóveda; sin embargo, cuando Helmut avanzó unos pasos, la luz de la antorcha nos reveló que en el centro de la estancia había... algo, no sé muy bien cómo llamarlo. Eran cinco grandes lajas de piedra hincadas verticalmente en el suelo, formando un semicírculo; frente a ellas se alzaba una especie de lecho de piedra con varias acanaladuras talladas en su superficie.

–¿Qué es esto?... –musitó Erik.

–Un altar pagano –repuso Ben Mossé.

–¿Aquí, en una catedral? –pregunté, sorprendido.

–No debería extrañarte, Telmo. Muchos templos se erigen sobre lugares que han sido considerados sagrados por otras religiones. Una catedral puede muy bien construirse sobre los cimientos de una ermita, que a su vez fue edificada sobre un templo romano, y este pudo alzarse encima de los restos de un santuario muy anterior, como el que ahora tenemos delante, que es celta –el hebreo señaló el lecho de piedra–. Fijaos en esos canalillos; sirven para recoger la sangre de las víctimas –sonrió al ver mi cara de espanto–. Oh, sí, Telmo, los celtas realizaban sacrificios humanos, y creo que esta es una de sus aras.

Me estremecí al pensar en las macabras ceremonias que allí debían de haberse celebrado, pero la rudeza primitiva de aquel altar me repelía y fascinaba al tiempo, como el ídolo de madera que vi en el camino a Kerloc'h. Entonces advertí que sobre una de las losas que formaban el semicírculo, la central, había un extraño dibujo toscamente cincelado. Era una figura humana de cuyo cráneo surgían unos cuernos de ciervo.

–Es Cernunos –me informó Ben Mossé–, el dios celta de la fertilidad y las cosechas.

–Pues parece un diablo...

–Los dioses de los vencidos son los demonios de los vencedores –sentenció el hebreo; luego, volviéndose hacia Hugo, le dijo–: Este descubrimiento es muy interesante, maestro, pero no parece conducirnos a parte alguna.

–Hay algo más –terció Helmut–. También he encontrado esto...

El germano se aproximó a uno de los muros de la cripta y bajó la antorcha hasta iluminar algo que había en la pared, a poco más de un palmo del suelo. Era una marca trazada con pintura de color pardo rojizo.

Se produjo un largo silencio. Erik se arrodilló frente al extraño signo y preguntó:

–¿Qué es?

–Una marca de cantero –respondí sin dejar de mirarla.

–Pero no una cualquiera –dijo Helmut– Es la marca de Thibaud de Orly, el maestro desaparecido.

–Lo que no entiendo –terció Hugo– es qué motivo pudo tener el maestro Thibaud para pintar aquí su marca...

Erik rascó con una uña el signo del muro y luego, tras olfatear el pardo pigmento, dijo:

–Esto no es pintura. Es sangre. Sangre seca.

Después de que abandonáramos la cripta secreta, Helmut presionó la argolla del muro y el pasadizo volvió a cerrarse. La catedral seguía desierta, pues el maestro Hugo había ordenado que nadie entrase en ella, pero hasta nosotros llegaban con nitidez las voces de los operarios que trabajaban en lo alto de la torre.

–Esa cripta no está en los planos –dijo Hugo–. Hablaré con el gran maestre Corberán y...

–¡No! –le cortó, tajante, Ben Mossé–. Nadie debe saber que hemos descubierto la cripta, pues eso nos pondría en evidencia.

–¿Qué haremos entonces? –preguntó Erik.

–Esperar.

El danés resopló con impaciencia.

–Es absurdo estar mano sobre mano. La marca de Thibaud de Orly trazada con sangre en esa cripta revela que aquí ha sucedido algo terrible. En tal caso, ¿por qué no actuamos de una condenada vez? Somos casi veinte los templarios que estamos en Kerloc'h; podríamos apoderarnos de Corberán de Carcassonne y obligarle a hablar.

Ben Mossé sacudió la cabeza.

–Pero si hiciéramos eso –objetó–, los aquilanos correrían a quejarse al duque Juan y este, como protector suyo, no solo enviaría soldados a Kerloc'h, sino que además formularía serias quejas ante Roma por haber permitido que el Temple mandara en secreto tropas a Bretaña. No, no, no, eso no es inteligente. Sean cuales sean los planes de los aquilanos, no los llevarán a cabo hasta que la catedral esté concluida. De modo que aguardaremos a que las obras finalicen –se volvió hacia Hugo–. Y, hablando de la catedral, ¿qué me decís de ella? Vos conocéis la obra de Thibaud de Orly.

–El maestro Thibaud no diseñó el edificio –replicó Hugo–; solo se ocupó de dirigir las obras. Quien dibujó los planos de la catedral fue el propio Corberán.

–¿Y qué os parece el resultado?

Hugo se encogió de hombros e hizo un vago ademán que parecía abarcar la iglesia entera.

–Que este templo no va a durar mucho –dijo–. Se ha construido demasiado deprisa, sin permitir que la argamasa fraguase adecuadamente. Ya han aparecido muchas grietas, y puedo asegurar que, en no más de medio siglo, la catedral de Kerloc'h será una ruina –volvió a encogerse de hombros–. Pero de esto ya le advertí al gran maestre Corberán, y no pareció importarle lo más mínimo.

Ben Mossé reflexionó unos instantes.

–Si los aquilanos tienen tanta prisa por acabar su catedral –dijo–, ¿por qué pararon las obras hace dos años?

–Quizá se les acabó el dinero –sugirió Hugo.

–Lo dudo –terció Erik de mal humor–; dinero tienen de sobra.

–En efecto, nunca les faltó el oro –convino Ben Mossé–. Entonces, ¿por qué pararon las obras y despidieron a los trabajadores?

–Pues no lo sé –reconoció Hugo–; pero lo cierto es que las obras no estuvieron detenidas más de cinco o seis meses. Poco después de desaparecer el maestro Thibaud, llegué yo y contraté nuevos obreros.

Se produjo un largo silencio, aunque no un silencio auténtico, pues los ruidos provocados por los albañiles que trabajaban en lo alto de la torre del campanario, el martilleo de sus herramientas, sus comentarios y conversaciones, llegaban a nosotros tan claramente como si estuvieran a nuestro lado. Ben Mossé pareció darse cuenta de este extraño fenómeno, pues se dirigió hacia la cabecera del templo y alzó la mirada para otear a través del hueco de la torre. Luego, mesándose pensativo la barba, se volvió hacia nosotros.

–Es curioso –dijo–; la torre actúa como una bocina y amplifica los sonidos que se producen en su cúspide –alzó las cejas con perplejidad–. Y eso significa que, cuando la campana esté en lo alto y suene, se oirá mucho más dentro de la catedral que fuera de ella...

10

El templo fue coronado veinte días más tarde. En la jerga de nuestro gremio, «coronar un edificio» significa terminar la techumbre, y eso había ocurrido en la catedral de Kerloc'h. Los albañiles concluyeron las bóvedas y los carpinteros instalaron sobre ellas un tejado a dos aguas. Luego, retiraron las cimbras y los andamios del interior, y la catedral, a falta de instalarse el altar mayor, quedó lista para su uso.

Por lo general, las coronaciones se celebraban con una fiesta, pero aquella vez no fue así, pues en realidad las obras todavía no habían concluido, ya que faltaba por rematar la torre del campanario. Con todo, muchos artesanos finalizaron sus contratos y, poco a poco, comenzaron a abandonar Kerloc'h. Se fueron en primer lugar los vidrieros y los plomeros; luego partieron los canteros, la mitad de los albañiles y gran parte de los carpinteros. A finales de agosto, de los ochenta y tres artesanos que había en la obra cuando llegué, solo quedábamos veintiséis. Pero, mientras esto sucedía, Korrigan el loco, el tullido, me visitó cierto anochecer para revelarme un secreto y plantearme un enigma.

Como mi presencia en las obras ya no era necesaria, solía pasar mañana y tarde en la fortaleza, esculpiendo la estatua de san Miguel. Por tal motivo, el tallado de la imagen avanzaba a buen ritmo; ya había concluido la forma de la escultura y los detalles del busto, y ahora solo me faltaba rematar la parte inferior. Cuando terminaba la jornada me dirigía a la playa, pues los baños de mar tenían la virtud de distender mis cansados músculos. Sin embargo, a finales de agosto, el tiempo comenzó a empeorar; se produjeron varios chubascos, preludio del otoño, y las noches se tornaron más frías. Fue precisamente durante el atardecer de mi último baño en el mar cuando tuvo lugar aquel extraño encuentro.

El sol era una rojiza esfera flotando sobre el horizonte marino. Salí temblando del agua y me sequé con premura, pues el frescor de la brisa parecía clavarme agujas en la piel. Tras vestirme, me dirigí a la catedral en busca del maestro Hugo, pero la jornada había terminado y la obra estaba desierta. Recuerdo que me quedé unos instantes contemplando el templo, ya prácticamente acabado, y pensé que me recordaba algo, aunque no supe precisar qué. Entonces, alguien me llamó:

—¡Telmo!

Di un respingo. A mi derecha, al pie de los andamios que cubrían el campanario, se encontraba Korrigan, indicándome por señas que me acercara a él. Lo hice y el loco bretón me recibió con los brazos abiertos.

—Tú eres amigo mío, Telmo, ¿verdad?

—Claro que sí, Korrigan...

—Yo también soy tu amigo, y por eso te voy a contar un secreto.

De pronto, me di cuenta de que Korrigan no hablaba empleando su habitual jerga latina. Además, en aquel momento parecía completamente cuerdo. Fui a decir algo, pero él me interrumpió:

—No hables, Telmo, y escucha: hace dos semanas descubristeis la cripta oculta. ¿Sí?

—¿Cómo lo sabes?

Korrigan esbozó una taimada sonrisa.

—Yo estaba allí, oculto entre las sombras, espiando —se inclinó hacia mí y susurró—: Hace dos años también estaba en la catedral, escondido, la noche que mataron al maestro Thibaud.

—¡Qué dices! —exclamé, sorprendido.

—¡Shhh!... —siseó, indicándome por señas que bajara la voz—. Al maestro Thibaud lo mataron en la cripta, yo lo vi.

—¿Quién lo mató?

—Ellos —el rostro de Korrigan se frunció en una mueca de terror—. Ellos lo mataron, y también mataron a los once masones que se quedaron con el maestro. A espada y cuchillo, así los mataron.

—Pero ¿quiénes fueron?

—Ellos —repitió Korrigan, como si la identidad de los asesinos fuera evidente—. Demonios con forma humana.

Me pasé una mano por los cabellos, todavía húmedos, y reflexioné unos instantes. Probablemente, aquella historia no era más que la fantasía de un loco, pero...

–¿Por qué los mataron? –pregunté.

–Porque sabían cosas que no debían saber. Porque construyeron un lugar oculto en la catedral.

–La cripta.

–No, no, no; la cripta no. Otro lugar secreto. Había muchos trabajadores, pero los despidieron para que nadie viese lo que iban a construir maese Thibaud y los que se quedaron con él –abrió mucho los ojos–. Construyeron el infierno, Telmo, el infierno. Esa es la cámara secreta que no habéis encontrado todavía. Yo la vi solo una vez, pero luego se llevaron al maestro y a los once artesanos al infierno y nunca más me atreví a entrar. Mas ahora, porque eres mi amigo, lo haré otra vez. Entraré en el infierno.

–¿Dónde está ese lugar?

La mirada de Korrigan, que hasta entonces se había mostrado totalmente cuerda, pareció extraviarse de nuevo.

–Yo creía que el infierno estaba abajo, Telmo, en las cavernas –murmuró–. Pero está arriba –profirió una loca risotada y, volviendo a su acostumbrada jerga, exclamó–: *¡Inter ut et sol porta infernorum est!* –echó a correr de repente y, mientras se perdía en la oscuridad, agregó–: ¡Volaré al infierno por ti, Telmo!

Aquella noche, cuando regresé al poblado, conté a mis amigos lo que me había dicho Korrigan, pero ni el maestro Hugo, ni Helmut, ni Ben Mossé parecieron tomarse demasiado en serio lo que probablemente solo eran los delirios de un loco. No obstante, Ben Mossé me pidió que volviera a hablar con el bretón e intentara averiguar si había algún sentido en su historia. Pero no pude hacerlo.

Porque al día siguiente, al comenzar la jornada de trabajo, los compañeros encontraron el cadáver de Korrigan en la catedral.

El cuerpo apareció bajo el hueco de la torre, reventado contra las losas del suelo. El maestro Hugo dijo que Korrigan debía de haber subido al campanario por los andamios y, quizá a causa de la oscuridad, se precipitó al interior del templo. Ciento cincuenta varas de caída. Un desgraciado accidente.

Mas yo no me lo creí. Había visto muchas veces a Korrigan trepar por los andamios y era demasiado ágil como para dejarse caer. Además, ¿qué hacía de noche en la torre? Por otro lado, resultaba muy sospechoso que Korrigan sufriese un percance justo al día siguiente de haber hablado conmigo y haberme revelado algo que quizá no fuera tan absurdo como al principio parecía. Comencé a sentir miedo.

Lo enterramos aquel atardecer, en el pequeño cementerio de Kerloc'h, rodeados por una densa niebla que impedía ver el mar, bajo el vuelo de las gaviotas. Ni siquiera sabíamos cómo se llamaba aquel desdichado, pues «Korrigan» era un apodo, el nombre que en Bretaña se da a los duendes. De modo que eso pusimos en la sencilla cruz de madera que presidía su tumba: «Korrigan. El duende».

Recuerdo que, mientras maese Hugo rezaba unas oraciones por su alma, no pude evitar que dos lágrimas se deslizaran por mis mejillas, pues aquel pobre demente, cuya inocencia le hacía tan noble como un rey, me había honrado con su amistad.

Mas el tiempo de la pena pasó como un suspiro, pues tan solo dos días más tarde tuvo lugar la ejecución. Y con ella se abrió la antesala del terror.

Se llamaba Perraud y había trabajado hasta hacía poco en las obras de la catedral. Yo no le conocía, jamás había reparado en él; era uno más entre otros muchos peones. Pero fue sorprendido robando.

Una gallina, eso fue lo que robó. Ya no había trabajo para él en la obra, no tenía dinero, pero sí mucha hambre, de modo que robó una miserable gallina. Por desgracia para él, el dueño del animal le sorprendió con las manos en la masa. Primero le molió a palos, después le llevó a la fortaleza para que los Caballeros del Águila le juzgaran. Fue hallado culpable y condenado a muerte. En aquellos tiempos, el robo, como casi cualquier otro delito, estaba castigado con la horca, y no solo en Kerloc'h, sino en toda la cristiandad.

El gran maestre proclamó un bando por el que se convocaba a todo el pueblo frente al patíbulo para asistir al castigo. Por aquel entonces, con las obras de la catedral a punto de finalizar, Kerloc'h contaba con poco más de cien habitantes, y todos sin excepción, hombres, mujeres y niños, nos reunimos al amanecer frente al patíbulo para presenciar la ejecución. Los dos ahorcados que había visto cuando llegué al poblado seguían colgando de las cuerdas, convertidos ahora en despojos corrompidos.

Media hora después de despuntar el alba, un destacamento formado por quince mercenarios turcos abandonó la fortaleza y se aproximó al lugar donde nos encontrábamos. Con ellos llevaban al condenado a muerte, un hombre enflaquecido y tembloroso que tenía las manos atadas a la espalda y una expresión de pavor en el rostro.

Los turcos se detuvieron frente al cadalso y adoptaron una actitud de espera. Perraud, el condenado, dirigió una patética mirada al gentío que le rodeaba en silencio, como buscando entre aquellos rostros un gesto de amistad o de consuelo, mas solo encontró indiferencia y expectación, así que desvió la vista y, sin pretenderlo, sus ojos se toparon con los cadáveres que pendían de las cuerdas. Entonces se echó a llorar.

Hay gente, la mayoría, que disfruta con las ejecuciones, pero yo no me cuento entre ellos. El espectáculo de la muerte siempre me ha parecido triste y desagradable, así que aparté la mirada de aquel pobre hombre y la volví hacia Erik y Hugo, que se encontraban a mi lado. El maestro parecía impaciente, pues la ejecución suponía una indeseada interrupción de las obras; el templario, por su parte, no mostraba expresión alguna.

Al cabo de un buen rato de tensa espera, un jinete partió de la fortaleza montando un corcel azabache. Al principio apenas pude distinguirlo, pues la neblina del amanecer le envolvía como un blanco sudario de gasa, pero luego, conforme se fue aproximando, advertí que se trataba de un individuo alto, vestido de negro, con el rostro alargado y una prominente nariz aguileña. ¡Era el hombre con el que me había topado cuando me extravié en la fortaleza!

—Es Corvus —susurró Hugo—, el capitán de la tropa.

De modo que ese era el jefe de los mercenarios turcos. Había oído hablar de él muchas veces, y siempre con temor, pero, a causa del encierro en que se mantenían los aquilanos, jamás le había visto en público. Corvus llegó a nuestra altura y bajó del caballo. El silencio era tan profundo que, mientras se acercaba pausadamente a sus mercenarios, solo se percibía el tintineo de sus armas. Se detuvo frente a Perraud y, con aparente indiferencia, sacó de entre los pliegues de su capa un pequeño rollo de pergamino al que echó un rápido vistazo.

—Perraud de Bourges —proclamó—, has sido encontrado culpable de latrocinio y condenado a la pena de muerte. En mis manos tengo un edicto rubricado por el gran maestre en el que se ordena tu ejecución en la horca –hizo una larga pausa y luego, señalando con un indolente ademán a los esqueletos que pendían de las cuerdas, prosiguió–: Por desgracia, el patíbulo está ocupado, de modo que no podrás ser ahorcado –se volvió hacia los mercenarios y ordenó–: Soltadle.

Sonó un murmullo de sorpresa. Uno de los turcos cortó las ligaduras de Perraud y este, entre dichoso y anonadado, comenzó a balbucir una torpe ristra de agradecimientos mientras se frotaba las muñecas. Corvus le interrumpió con un brusco gesto.

–Que no vayas a morir en la horca no significa que estés libre. Eso deberás ganártelo –señaló al mercenario que había cortado las ligaduras y le ordenó–: Dale tu arma.

El turco desenvainó su espada y se la entregó al estupefacto Perraud, que la cogió entre sus temblorosas manos como si no supiera qué era aquello ni para qué servía.

–Te voy a dar una oportunidad, Perraud –prosiguió Corvus–: lucharemos y, si me vences, quedarás libre. Para ser justos, y como sé que no eres hombre de armas, contaré hasta treinta. Mientras lo haga, no empuñaré mi espada ni me defenderé, pero tú podrás hacer lo que quieras. ¿Está claro? –esbozó una fría sonrisa, se cruzó de brazos y comenzó a contar muy despacio–: Uno... dos... tres... cuatro...

Perraud estaba paralizado. Sostenía flojamente la espada entre las manos, con la hoja caída, y había una patética expresión de terror en su rostro. Al llegar a diez, Corvus dejó de contar y le espetó:

–Más vale que aproveches tu ventaja, estúpido. ¿O crees que tendrás alguna oportunidad cuando empuñe mi arma?

El condenado dudó unos instantes y luego, profiriendo un alarido, descargó su espada contra el capitán de los mercenarios. Mas la acometida fue tan torpe que este logró esquivarla con toda facilidad. Perraud intentó de nuevo herir al aquilano, sin conseguirlo, y siguió haciéndolo una y otra vez. Mientras el condenado descargaba inútiles golpes, Corvus proseguía la siniestra cuenta: diecinueve... veinte... veintiuno...

El gentío parecía disfrutar con el espectáculo, y reía ante las patéticas acometidas del condenado y aclamaba los ágiles movimientos de Corvus, pero a mí se me antojaba una escena innecesariamente cruel. Estaba claro que Perraud no tenía la menor oportunidad de salir con vida, de modo que ese juego siniestro nada tenía de divertido.

Finalmente, como era inevitable, la cuenta llegó a su término y Corvus, tras pronunciar «treinta» con toda lentitud, desenvainó su acero y se enfrentó al condenado. Con los ojos desorbitados de pavor, Perraud intentó echar a correr, pero los mercenarios turcos habían formado un corro en torno a los combatientes y le impidieron la huida, de modo que se vio obligado a enfrentarse a Corvus, que se le acercaba con una cruel sonrisa en los labios.

Presintiendo el final del combate, la gente había enmudecido. Acorralado, Perraud lanzó un grito, alzó su arma con ambas manos y acometió a la desesperada contra Corvus. Este, con estudiada indiferencia, esquivó el ataque y descargó una vertiginosa estocada. La afilada hoja atravesó el estómago del condenado y surgió, tinta en sangre, por su espalda. Perraud bajó lentamente la mirada y contempló con incredulidad la mortal herida que le sesgaba el cuerpo. Entonces, repentinamente, Corvus desclavó su arma, giró sobre sí mismo haciendo un molinete y descargó el filo de la espada contra el cuello de su víctima. La cabeza de Perraud rodó por el suelo.

Cerré los ojos y me mordí los labios. Giré la cabeza al tiempo que intentaba contener una arcada. La multitud rugía a mi alrededor. Cuando abrí de nuevo los ojos, me encontré contemplando el rostro de Erik. El danés se había calado la capucha, como si quisiera ocultar el rostro, y en su mirada había una expresión de ira tan intensa que me sobresalté. Tenía la mandíbula encajada y los labios apretados en un rictus de furia. La cicatriz que le cruzaba el rostro había adquirido un tinte rabiosamente rojizo.

–¿Qué sucede, Erik? –musité.

–Es él... –masculló entre dientes, con la vista fija en un punto situado más allá de mí, y agregó–: Es Simón de Valaquia...

Tardé unos segundos en recordar que Simón de Valaquia era el templario traidor que había robado el tesoro de Acre. Con un estremecimiento, me giré hacia donde miraba Erik... Y vi a Corvus, el capitán de los mercenarios, que en aquel momento limpiaba la ensangrentada hoja de su espada en las ropas del hombre que acababa de matar.

Tragué saliva.

Corvus... ¿era Simón de Valaquia?

—Simón de Valaquia trabaja para la Orden del Águila —dijo Erik en tono muy tenso—. Es el capitán de sus tropas. ¿Qué más pruebas necesitamos?

Después de la ejecución, Erik había insistido en que nos reuniéramos en la logia. El maestro Hugo, más preocupado por cumplir los plazos de las obras que por resolver el misterio de Kerloc'h, accedió a regañadientes, pero Ben Mossé mostró mucho interés en la revelación del normando, aunque en el fondo creo que ya sabía, o al menos sospechaba, que Corvus era el templario traidor. Helmut, como siempre, se mantuvo en silencio, a la expectativa.

—Todavía no ha llegado el momento de actuar —repuso, paciente, Ben Mossé.

Erik encajó los dientes con mal reprimida furia.

—Entonces, ¿cuándo? —se puso en pie y comenzó a recorrer la logia a grandes pasos—. Esa maldita catedral ha sido financiada con el tesoro robado al Temple. Antes solo lo sospechábamos; ahora lo sabemos a ciencia cierta. ¡Prendamos, pues, a Simón! Es un traidor y ni siquiera el duque Juan podrá impedir que le llevemos a París para ser juzgado.

Ben Mossé se mesó el extremo de su puntiaguda barba. La única autoridad que poseía era la de ser delegado del Papa, pero este rango quedaba debilitado por su condición de judío, de modo que cada vez le costaba más contener la impaciente cólera del danés. Sin embargo, la fuerza del hebreo no procedía de su relativa autoridad, sino de su inteligencia.

—Permitidme una pregunta, señor de Viborg —dijo tras una larga pausa—: ¿cómo os proponéis llevar a cabo esa acción? Veamos, en la cantera tenéis quince hombres y aquí, en Kerloc'h, sois tres. En total, dieciocho. Pero los aquilanos, que jamás abandonan la protección de su baluarte, son unos sesenta, entre caballeros y mercenarios. ¿Pensáis sitiar con menos de veinte soldados una fortaleza ocupada por el triple de guerreros?

Erik torció el gesto, incómodo ante la evidente fragilidad de sus planes.

—Podríamos introducirnos en la fortaleza por sorpresa —objetó con escasa convicción.

—Es un laberinto —intervine yo—. Al cruzar la entrada del baluarte se entra en un dédalo de corredores en el que a buen seguro os perderíais. Supongo que lo construyeron así para prevenir una incursión enemiga.

Sobrevino un pesado silencio. Erik, muy malhumorado, comenzó a golpear la palma de su mano izquierda con el puño derecho. Al cabo de un largo minuto, Ben Mossé preguntó a Hugo:

—¿Cuándo concluirá la construcción del campanario?

—Estamos esperando a que fragüe la argamasa. Luego, habrá que subir la campana y coronar la torre con un pináculo —el maestro se encogió de hombros—. Dadas las prisas que tiene Corberán, yo creo que estará concluida en el plazo de tres semanas. Un mes a lo sumo.

—¿Y la estatua del altar mayor? —me preguntó el hebreo.

—La acabaré en unos quince días —respondí.

Ben Mossé reflexionó unos instantes.

—La Orden del Águila de San Juan robó una fortuna al Temple, de acuerdo —dijo finalmente, como si intentara ofrecernos una recapitulación de sus pensamientos—. ¿Qué han hecho con el dinero robado? Construir una catedral, aquí, en el más remoto rincón de Occidente. La pregunta es: ¿por qué? Jamás acudirán fieles a este templo, pues los cristianos más cercanos se encuentran a cincuenta millas de distancia. Entonces, ¿para qué derrochar una fortuna construyendo algo que no va a servir para nada? —clavó la mirada en el danés—. Lo que debemos averiguar, señor de Viborg, es qué se proponen los aquilanos, y para responder a eso tenemos que esperar a que concluyan las obras de la catedral.

Erik respiró hondo y alzó un dedo en gesto de muda advertencia.

—Un mes —dijo—. Esperaré un mes y luego actuaré según crea conveniente.

Dicho esto, el templario abandonó la logia dando un portazo.

Una semana más tarde, al anochecer, cuando volvía de la fortaleza después de una jornada de trabajo, me encontré a Helmut esperándome a la entrada del pueblo.

—¿Podemos hablar un momento? —me preguntó.

—Claro.

El germano se acarició la nuca, pensativo.

—Llevo tiempo pensando en lo que Korrigan te contó el día anterior a su muerte... Dijo que en la catedral había una estancia oculta, ¿no es cierto?

—Sí.

—Pero he registrando el templo de arriba abajo, y lo único que he encontrado ha sido la cripta.

—Korrigan aseguraba que había otra cámara secreta. La llamaba «el infierno». Pero probablemente solo eran fantasías.

—Quizá... —Helmut hizo una pausa—. No obstante, Korrigan te dijo algo más, ¿verdad? En esa jerigonza que solía emplear.

—Sí, fue algo así como *inter ut et sol porta infernorum est*.

Helmut se rascó la cabeza, pensativo.

—El caso —dijo— es que he estado preguntando por ahí y uno de los albañiles, Raimundo, que de pequeño cantó en el coro de su parroquia, me ha dicho que *ut* y *sol* son notas musicales[1]. ¿Lo sabías?

—No sé nada de música, pero la frase de Korrigan sigue siendo absurda. ¿Qué es eso de una puerta entre dos notas?

Helmut guardó un largo silencio. Volví la mirada hacia las aguas del mar, ahora tintadas de rojo por las luces del crepúsculo. El rumor de las olas y los graznidos de las gaviotas se sumaban al susurro de la brisa. Hacía un poco de frío.

—No, no parece tener mucho sentido —dijo por fin el germano, aunque había un deje de duda en su voz. Se encogió de hombros—. En fin, supongo que no tiene importancia. Buenas noches, Telmo.

Se despidió de mí con un cabeceo y echó a andar, no en dirección al poblado, sino hacia las obras de la catedral. Fue la última vez que le vi.

Al día siguiente descubrimos que Helmut de Colonia había desaparecido sin dejar rastro.

---

[1] En el medievo, la actual nota *do* se llamaba *ut*.

11

Le buscamos por todas partes; recorrimos los bosques y las veredas, los montes cercanos y la quebrada costa, pero no dimos con él. Incluso los aquilanos, avisados por el maestro Hugo, destacaron varias patrullas para rastrear la zona. Nadie encontró la menor huella del germano.

Algunos sugirieron que Helmut se había ido de Kerloc'h por propia voluntad, mas eso era imposible, pues en la casa donde vivía encontramos todas sus posesiones, incluyendo las herramientas que le eran imprescindibles para la práctica de su oficio. Otros plantearon la posibilidad de que, tras sufrir un accidente en los acantilados, el mar se hubiera tragado su cuerpo. El tiempo demostró que eso tampoco era cierto. Fuera como fuese, la búsqueda se interrumpió al cabo de tres días.

Pero yo no podía evitar sentirme preocupado. Dos personas muy distintas, Korrigan y Helmut, habían muerto o desaparecido justo después de hablar conmigo. Lo único que tenían en común era su interés por una cámara secreta que, supuestamente, se encontraba oculta en la catedral. ¿Qué clase de estancia era esa, que mataba a la gente? Si es que existía, pues muy bien pudiera ser que tanto la muerte de Korrigan como la desaparición de Helmut fueran accidentales.

Mas yo no lo creía así, no, y en el fondo de mi ánimo sentía crecer la trémula llama del desasosiego. Debo reconocer que, a partir de entonces, procuré mantenerme alejado de la catedral, como si temiera que aquel edificio pudiera devorarme. No obstante, las exigencias del trabajo acabaron por imponerse y, del mismo modo que Helmut desapareció, su recuerdo fue difuminándose hasta convertirse en un enigma en el que solo de vez en cuando reparábamos.

A principios de septiembre, para San Gregorio, se procedió a izar la campana hasta la cúspide de la torre. Para ello, el maestro Hugo convocó a los habitantes del poblado, pues la operación precisaba de toda la fuerza muscular disponible.

El día amaneció nublado y pronto comenzó a caer una fina llovizna que todo lo empapaba. Sacaron la campana del cobertizo donde estaba guardada y, transportándola sobre grandes rodillos, la introdujeron en la catedral y la colocaron justo bajo el hueco de la torre. Luego, mediante un complejo sistema de sogas y poleas, comenzamos a izarla.

La campana era enorme; según me dijeron, pesaba casi cuatrocientos cincuenta quintales. Hicieron falta dos troncos de bueyes y medio centenar de hombres para conseguir elevarla, y aun así solo podíamos alzarla unas pocas varas a cada intento, depositándola sucesivamente en los andamios reforzados que los carpinteros habían dispuesto, a distintas alturas, en el interior del campanario. Era una labor lenta, penosa y delicada, ya que debíamos cuidarnos de evitar que la campana oscilase y se golpeara contra los muros.

El maestro Hugo dirigía la compleja tarea con el rostro tenso de preocupación, pues estaba convencido de que la argamasa de la torre no había fraguado del todo y temía que la estructura no soportara el tremendo peso de la campana. Además, el gran maestre de los aquilanos se había presentado inesperadamente para supervisar los trabajos y Hugo deseaba causarle buena impresión. A media mañana, mientras se disponían las sogas y las poleas, Corberán se aproximó a mí con una sonrisa en los labios y, tras pasarme afectuosamente un brazo por los hombros, me dijo:

–Hola, Telmo Yáñez, mi brillante imaginero –señaló con un leve cabeceo la campana y agregó–: Es hermosa, ¿verdad?

Todavía estaba cubierta de paja, de modo que no podía verla, pero le dije que sí, que era muy bella. Corberán asintió, complacido, y me preguntó:

–¿Sabes cómo se forja una campana? ¿No? Primero se construye un modelo a tamaño natural, con yeso y arcilla de París, y se recubre con una capa de cera del mismo espesor que el deseado para la campana. A continuación, se cubre todo con una mezcla de yeso y estuco. Luego, se aplica calor al conjunto y la cera derretida cae fuera por unos pequeños agujeros, dejando una cavidad entre los dos elementos de yeso. Por último, se practica un orificio en la parte superior y se llena la cavidad con bronce fundido. Cuando se enfría, rompemos el molde... y ahí está la campana –su expresión se tornó soñadora–. Es maravilloso, ¿verdad? Bronce que clama convocando a los fieles, o dando las horas, o anunciando el advenimiento de un día sagrado. En cierto modo, las campanas son la voz de las iglesias...

Las palabras murieron en sus labios y, de soslayo, advertí que el gran maestre paseaba la vista por los muros del templo, acariciando con los ojos las vidrieras, los arcos, las columnas y los capiteles. Era la suya una mirada de amante que, en vez de a una mujer, hubiese escogido como objeto de su pasión un edificio. No pude evitar que me conmoviera su expresión de embeleso, y pensé que si Corberán de Carcassonne estaba detrás del robo del tesoro del Temple, como sostenía Erik, su falta sería un pecado de amor, pues amor era lo que aquel hombre sentía por su catedral.

La tarea de izado se demoró hasta el atardecer. Cuando finalmente la campana ocupó su lugar en lo alto de la torre, subí por los andamios exteriores y me quedé mirando cómo retiraban las balas de paja que la protegían. Ante mis ojos se desnudó su piel de bronce, y contemplé con asombro, bajo la dorada luz del ocaso, los dragones y los reptiles que la adornaban, tan bellos y delicados como el trabajo de un platero.

Recuerdo que mientras estaba allí, en lo alto del campanario, uno de los obreros golpeó accidentalmente la campana con un martillo. Fue un toque muy leve, apenas un roce, pero bastó para arrancar del bronce un sonido profundo y claro, un tañido tan sobrecogedor que pareció atravesarme el cuerpo y alcanzar mi alma.

Al día siguiente, los albañiles comenzaron a construir el pináculo de la torre, una bovedilla de piedra rematada por una elevada aguja. La construcción de la catedral estaba llegando a su fin; los carpinteros desmontaron todos los andamios, salvo los que se encontraban en el exterior del campanario, y comenzaron a abandonar las obras, igual que el resto de los artesanos y la casi entera totalidad de los peones, hasta que solo quedamos allí poco más de una docena de trabajadores.

A medida que el número de operarios menguaba, Kerloc'h se iba despoblando. Los comerciantes cerraron sus tiendas y los cantineros sus tabernas, y poco a poco, junto a un variopinto grupo de pañeros, sacamuelas, tintoreros, herreros y prostitutas, fueron partiendo en busca de ciudades más prósperas donde ejercer sus oficios. Poco antes de que llegara el otoño, mientras los días se volvían más cortos y las noches más frías, el número de habitantes de Kerloc'h se había reducido a medio centenar de personas.

El trece de septiembre, por San Eulogio, concluí el tallado de la estatua destinada al altar mayor. En realidad no tenía previsto acabarla ese día, pues aún estaba puliendo su superficie y retocando los detalles, pero el gran maestre Corberán se presentó en el taller a primera hora de la tarde y, tras contemplar unos instantes mi trabajo, dijo:

–Ya está. Has acabado.

Sentí que el corazón me daba un vuelco.

–Pero aún falta mucho por hacer, señor –protesté–. He de corregir algunos detalles y pulir el acabado...

–No, Telmo; la estatua está terminada –me sonrió paternalmente–. Mírala y comprobarás que tengo razón.

La miré. Llevaba dos meses mirándola, pero intenté contemplarla como si la viera por primera vez. La escultura representaba a un hombre joven y hermoso, una versión humana del arcángel Miguel desnudo, con los músculos llenos de vigor y potencia, y los largos cabellos rizados ondeando al viento. La había esculpido con la pierna derecha algo adelantada y la mano diestra alzada al cielo formando un puño. Tenía el rostro noble y armonioso, con la enérgica mirada fija en lo alto y una expresión de desafío en ella, como si retara a un dragón. Para esculpirla no había seguido las normas tradicionales, sino que lo había hecho de acuerdo a los cánones clásicos, al estilo de los romanos, procurando imitar lo mejor posible la realidad de la naturaleza. Tras examinar la talla de ese modo, con ojos nuevos, comprendí que el gran maestre tenía razón: mi trabajo había concluido.

–Es magnífica, Telmo –dijo Corberán sin dejar de contemplar la estatua–. Parece viva, como si el ángel fuera a moverse en cualquier momento. Y ese rostro hermoso y altivo... Ah, muchacho, en verdad no me has defraudado. Tu recompensa será grande, no lo dudes. Sin embargo, todavía falta un pequeño detalle: quiero que grabes esto en el pedestal de la estatua.

El gran maestre me entregó un pergamino con unos extraños signos pintados:

–Es el nombre del arcángel Miguel escrito en letras hebreas –me informó el gran maestre–. ¿Cuánto tardarás en tallarlo?
–Una hora como mucho.
Corberán me dedicó una aprobadora sonrisa.
–Volveré, pues, dentro de una hora –dijo–. Y traeré conmigo el salario que tan justamente te has ganado.
Grabé la inscripción en el plazo previsto. Cuando regresó, Corberán me entregó una bolsa de cuero en cuyo interior resonaba el tintineo metálico de unas monedas. Al abrirla descubrí que contenía cien besantes de oro, una cantidad muy superior a la que usualmente se pagaba por una escultura.
–Es demasiado, señor... –musité, contemplando incrédulo el dorado brillo de las monedas.
–Tonterías –replicó el gran maestre–. Has trabajado mucho y bien; ningún otro imaginero habría podido crear una imagen más bella, y eso no tiene precio.
Recordé entonces que aquel dinero muy bien podía ser el fruto de un robo, pues, si Erik tenía razón, procedía del tesoro templario de Acre, y sentí una punzada de remordimiento. Pero luego, al contemplar la bondadosa expresión del gran maestre, me dije que era imposible que aquel hombre pudiera ser un ladrón, y que probablemente ignoraba que el capitán de sus tropas, Simón de Valaquia, Corvus o como fuera que se llamase, era en realidad un traidor y un asesino.
–Mira la estatua –dijo Corberán interrumpiendo el hilo de mis cavilaciones–; imagínatela en el altar mayor de la catedral. ¿Se te ha ocurrido pensar en toda la devoción que recibirá esa piedra que tú has tallado? –se situó frente a mí, puso sus manos sobre mis hombros y me miró largamente, como lo haría un padre con su hijo–. Te echaré de menos, Telmo; esta fortaleza parecerá más solitaria ahora que ya no oiremos el martilleo del mazo contra el cincel.

Tras concluir el tallado de la estatua, me encontré repentinamente sin nada que hacer. A falta de terminar el pináculo del campanario, los trabajos de la catedral habían concluido y ya no era necesaria mi presencia en las obras. Por otro lado, a Erik, Gunnar y Loki apenas los veía, pues pasaban la mayor parte de su tiempo en el bosque, supongo que entrenándose, o en la cantera, junto a los quince soldados templarios que allí se ocultaban. El maestro Hugo permanecía todo el día encerrado en la logia, ocupado en cuadrar las cuentas de la obra, y Ben Mossé estaba enfrascado en la tarea de hacer pólvora, aunque solía quejarse de las dificultades que tenía para encontrar azufre.

De modo que me hallaba desocupado, aburrido y solo. Es cierto que a veces me reunía con Valentina para jugar a las tabas o a las tres en raya, pero a la muchacha se le había metido en la cabeza que nos íbamos a casar y, a las primeras de cambio, se ponía a hacer planes sobre nuestro matrimonio, algo que a mí me crispaba los nervios. Así que solía dar largos paseos a lo largo de la costa, disfrutando en soledad de la calmada y bella naturaleza bretona.

Fue en el curso de uno de esos paseos cuando encontré aquel... no sé muy bien cómo llamarlo. Estaba a menos de una milla de Kerloc'h, hacia el sur, medio oculto entre unas zarzas. Era un pequeño montículo de piedras de forma cónica sobre el que alguien había colocado numerosos amuletos confeccionados con huesecillos y piedras coloreadas, así como varias figuras de ídolos paganos toscamente talladas en colmillos de jabalí. Al pie del montículo había un gallo con el cuello cortado, como si fuera un sacrificio ofrecido a un dios desconocido.

Le hablé a Ben Mossé acerca de mi hallazgo y él, sin darle mucha importancia, dijo que probablemente era un altarcillo levantado por los nativos para ahuyentar a los demonios. Aquello me hizo pensar; desde que estaba en Kerloc'h, el único bretón al que había visto era Korrigan, pues los restantes moradores de la zona evitaban el poblado hasta el punto de que jamás se veía a nadie por los alrededores. Sin embargo, erigían secretamente altares en las cercanías del pueblo para protegerse de los demonios. ¿A qué le tenía tanto miedo aquella gente?

Por algún motivo, el descubrimiento del altar pagano me sumió en un estado taciturno y lúgubre, y durante mis paseos no podía dejar de pensar en la extraña desaparición de Helmut y en la cripta secreta que el maestro albañil encontró bajo la catedral. Tampoco lograba quitarme de la cabeza la marca de Thibaud de Orly trazada con sangre en el muro, y me preguntaba cuál podía haber sido la suerte del maestro. Entonces recordaba al loco Korrigan cuando me dijo que Thibaud y los once masones fueron asesinados por demonios con forma humana. «Ellos», decía, «ellos los mataron...».

Pero ¿quiénes eran «ellos»?

Lo cierto es que me sentía necio e inútil, pues nada había logrado con mi viaje a Kerloc'h y, tras más de dos meses de estar allí, no había avanzado ni un paso en mi misión de averiguar el paradero del maestro Thibaud. De algún modo, mi sombrío estado de ánimo pareció encontrar reflejo en todo lo que me rodeaba. El clima se tornó frío y desapacible, la niebla era muy densa por las mañanas y solían caer intensos chaparrones a media tarde. Los albañiles que trabajaban en el campanario sufrían un sinnúmero de pequeños accidentes y todos estábamos nerviosos y de mal humor, como si una oscura presencia se cerniese sobre nosotros.

Una noche, mientras dormía en la casa del maestro Hugo, me desperté un grito ahogado. Abrí los ojos y vi que Valentina se había incorporado sobre su jergón y, con un rictus de terror en el rostro, lloraba desconsoladamente. En la oscuridad de la sala, me aproximé a ella.

—¿Qué te pasa? —le pregunté alarmado.

Valentina me miró durante un instante, asustada, como si no me reconociese, y luego se abrazó fuertemente a mí.

—Estaba en un bosque, Telmo —gimoteó—, un bosque muy raro, con los árboles de piedra..., y entonces apareció una jauría de lobos... Eran espantosos, con los ojos rojizos y espuma en las fauces, y yo quería correr, pero no podía moverme... —se estremeció—. Entonces vi a un lobo que caminaba erguido como un hombre... y se acercaba a mí con un cuchillo entre sus garras... y yo sabía que iba a matarme, pero no podía huir...

Le acaricié la cabeza, intentando tranquilizarla, y musité que solo había sido una pesadilla. Sin embargo, por alguna razón que no pude discernir, el mal sueño de Valentina me produjo una gran inquietud; tanta, que aquella noche no logré volver a dormirme. Quizá, de un modo u otro, presentía que la auténtica pesadilla estaba a punto de desencadenarse, pues poco después los albañiles remataron el pináculo del campanario, concluyéndose así las obras de la catedral. Por este motivo, el gran maestre Corberán hizo congregar a los últimos habitantes de Kerloc'h para comunicarnos a todos lo que había dispuesto.

Y sus órdenes no pudieron ser más insólitas.

Fue el diecinueve de septiembre. Los albañiles habían concluido el pináculo de la torre por la mañana y, tras instalar la aguja de hierro que lo coronaba, dieron por finalizadas las obras. Aquella misma tarde, el gran maestre nos convocó frente a la catedral, y ahí nos reunimos después de comer los cincuenta y dos habitantes que le quedaban a Kerloc'h. Constructores y peones, sus familiares y los escasos comerciantes que todavía no se habían marchado, todos aguardábamos expectantes.

Corberán de Carcassonne no tardó en hacer acto de presencia, acompañado por su usual séquito compuesto por seis caballeros del Águila, severos e inexpresivos, tan semejantes a sombras en virtud de los negros ropajes con que se cubrían. Nada más llegar, el gran maestre bajó de su montura, remontó lentamente las escaleras que conducían al pórtico del templo y allí, desde lo alto, nos dijo:

—La construcción de la catedral de Kerloc'h ha llegado a su fin en los plazos previstos. Estoy muy complacido por el trabajo realizado y es de justicia felicitar públicamente a los responsables. Por ello, os anuncio que todos los trabajadores recibirán dos meses de salario extra como muestra de mi gratitud.

Un murmullo de alegre sorpresa se alzó por encima de los congregados; sonaron aplausos y se oyeron no pocos vítores. Corberán aguardó a que se acallaran las voces y prosiguió:

—Hay algo más. Como sabéis, tanto Kerloc'h como las tierras que lo rodean pertenecen a la Orden del Águila de San Juan, y yo, como gran maestre, tengo potestad sobre cuanto ocurra en estos dominios —hizo una pausa—. Por ello, en razón de mi autoridad, ordeno que el pueblo sea totalmente desalojado en el plazo de dos días a partir del presente.

Aquello nos dejó boquiabiertos. ¿Debíamos abandonar Kerloc'h? ¿En tan solo dos días? Al cabo de unos segundos de pasmado silencio, el anterior murmullo de sorpresa se trocó en un clamor de consternación. Corberán alzó la voz para hacerse oír:

–A los constructores y artesanos os aconsejo que os dirijáis a la cercana Quimper. Allí se está erigiendo una catedral y podréis encontrar trabajo hasta que llegue el invierno. En cuanto a los comerciantes, ya que os veis obligados a dejar vuestras tiendas, cada uno recibirá una compensación de dos mil maravedíes. Pero todos, absolutamente todos, deberéis abandonar Kerloc'h antes del veintiuno de septiembre –su expresión se endureció–. Y todo aquel que permanezca en el poblado a partir de esa fecha, deberá atenerse a las consecuencias –hizo una larga pausa y agregó–: Ahora, mis hombres se ocuparán de pagar los salarios y compensaciones.

Corberán bajó los escalones y se dirigió hacia su caballo. El maestro Hugo, visiblemente agitado, le salió al paso y comenzó a hablarle. Yo estaba demasiado lejos para escuchar lo que le decía, pero advertí que el gran maestre contestaba a las palabras de Hugo con tajantes negativas. A mi alrededor, la gente se miraba entre sí, desconcertada. Por un lado, la orden de abandonar Kerloc'h de forma tan apresurada era preocupante, mas la lluvia de dinero que inesperadamente caía sobre ellos los colmaba de alegría.

Vi que Erik y Ben Mossé se encontraban medio ocultos tras unas pilas de maderos y me aproximé a ellos. El danés se mantenía silencioso e inexpresivo, aunque la cicatriz del rostro, por lo usual pálida, había adquirido ahora un rabioso tono rojizo, señal esta de una gran tensión interior. Ben Mossé parecía aturdido y confuso, y sus pupilas iban de un lado a otro como si no supieran dónde posarse.

Escuché un retumbe de cascos y vi que Corberán de Carcassonne y dos de sus hombres partían al galope camino de la fortaleza. Entretanto, los cuatro aquilanos restantes habían sacado de sus alforjas unas bolsas llenas de monedas y comenzaban a realizar los pagos establecidos. Haciendo indignados aspavientos, Hugo se acercó a nosotros.

–¡Ese hombre ha perdido el juicio! –exclamó–. ¡Pero si la catedral no está todavía terminada...! ¿Y la imaginería del interior? ¿Y las pinturas? ¡Por amor de Dios, el templo se encuentra vacío y desnudo! –exhaló una bocanada de aire–. Pero el gran maestre Corberán no quiere escucharme. Según él, las obras se han acabado y no hay nada más que hablar. Yo le he dicho que ni siquiera hemos retirado los andamios del exterior de la torre, y él me ha contestado que no importa, que ya los quitarán ellos mismos. ¿Os lo podéis imaginar?... Ni siquiera desea examinar las cuentas de la obra; dice que le importa un bledo si cuadran o no. ¡Es increíble! Además, ¿sabéis lo que ha hecho? ¡Ha cerrado con llave la catedral y nos ha prohibido la entrada en ella! Que nos marchemos, eso es lo único que dice...

Erik interrumpió la excitada perorata del maestro con un brusco ademán y se volvió hacia Ben Mossé.

–¿Y bien? –le preguntó–. ¿Qué planes tenéis?

El hebreo parpadeó, desconcertado.

–No lo sé –musitó–; no había contado con esto...

Erik respiró hondo y miró en derredor, asegurándose de que nadie nos prestaba atención.

–Deberíamos reunirnos en un lugar más discreto –dijo–. Tenemos que hablar.

Ben Mossé contempló al danés en silencio y luego, tras un suspiro, asintió con la cabeza.

–Sí, debemos hablar, pero no ahora –echó a andar en dirección al poblado con paso cansino y, mientras se alejaba, agregó–: Estoy confundido, debo pensar...

Los aquilanos se encerraron a cal y canto en su fortaleza y doblaron la guardia, como si sospecharan que alguien o algo pudiera atacarlos. Entretanto, tras cobrar el dinero prometido, la gente se dirigió a sus hogares, acuciada por la premura de disponer todo lo necesario para abandonar el poblado en el plazo previsto.

Al día siguiente, más de la mitad de los ya de por sí escasos pobladores de Kerloc'h tomaron el camino del este cargados con todas sus pertenencias. A media mañana, solo quedábamos veintitantas personas en el pueblo, aquellos que pensábamos apurar el plazo y partir a la mañana siguiente. Ese mismo día, el veinte de septiembre, quizá para compensar el éxodo humano, recibimos una inesperada visita, aunque mejor sería llamarlo invasión: moscas.

En efecto, justo al amanecer, una nube de moscas se abatió sobre Kerloc'h. Eran miríadas de insectos negros y pegajosos que zumbaban a nuestro alrededor y se posaban por doquier, oscureciendo las casas y las callejas, ahora solitarias y fantasmales a causa del repentino abandono. Aquella repugnante plaga de moscas, debo reconocerlo, convertía en venturosa la perspectiva de abandonar el pueblo.

Erik había convocado una reunión en la logia, así que, a media tarde, después de no hacer nada durante toda la mañana –salvo preparar el equipaje–, me encaminé allí. Conforme me acercaba al lugar de la cita, la imagen de la catedral, recortada contra el mar, iba acrecentándose ante mis ojos. Ahora que su construcción había concluido, el templo me evocaba vagamente algo, pero no lograba precisar qué. Antes de entrar en la logia, di una vuelta alrededor de la catedral, por entre los solitarios restos de las obras, observando atentamente las trazas de su construcción, como si aquel examen pudiera despertar en mi memoria un recuerdo dormido. Al aproximarme al extremo este, cerca del campanario, me fijé en que una de las ventanas ojivales situadas a la altura del triforio tenía el cristal roto. Pensé en decírselo al maestro Hugo, pero luego recordé que el edificio estaba cerrado y no se podía hacer ya ninguna reparación.

De repente, una mosca se coló a través de mis entreabiertos labios. La expulsé bruscamente con un resoplido y, tras contener una arcada, escupí repetidas veces, como si en vez de un insecto hubiera estado a punto de tragar veneno. Entonces advertí por el rabillo del ojo que Abraham Ben Mossé se aproximaba con paso lento y aire pensativo. Le saludé y él me respondió distraídamente, como si su mente se encontrara muy lejos de allí. Entramos juntos en la logia y descubrimos que ya se encontraban en su interior el maestro Hugo, Erik, Gunnar y Loki, esperándonos.

Me resultó extraño encontrar tan vacío el cobertizo, sin las herramientas y los trabajos a medio terminar que usualmente lo abarrotaban, pero todavía podían verse numerosos restos de la actividad que hasta hacía muy poco allí se había desarrollado: pilas de tablones, losas de piedra, montones de esquirlas sobre el suelo, placas de yeso con dibujos geométricos grabados sobre su superficie y, clavados a la pared, varios pergaminos con los planos de la catedral. Me acomodé sobre unos maderos y Ben Mossé, siempre en silencio, tomó asiento frente al banco de trabajo. Las moscas volaban a nuestro alrededor con irritante insistencia. Erik se situó en el centro de la estancia.

–Hasta ahora –dijo con gravedad– he seguido los dictados de Ben Mossé, pues, como representante del Papa, era merecedor de mi obediencia. Sin embargo, las circunstancias han cambiado y ahora debemos abandonar Kerloc'h. Estoy convencido de que fueron los Caballeros del Águila quienes robaron el tesoro de Acre, y la presencia aquí de Simón de Valaquia así lo demuestra –hizo una pausa–. Por desgracia, los aquilanos se han encerrado en su bastión, y con las fuerzas de que ahora disponemos sería imposible hacerles salir de allí. Por tanto, he decidido que mis sargentos Gunnar y Loki se oculten en la cantera, al frente de nuestros hombres, y permanezcan aquí vigilando los movimientos de los aquilanos. Entretanto, yo me dirigiré a Normandía, a la encomienda templaria de Renneville, en busca de tropas de refuerzo. Regresaré al frente de ellas lo antes posible, pondremos sitio a la fortaleza, arrestaremos a los miembros de la Orden y los llevaremos a París, donde se someterán a juicio. Será una acción tan rápida que, para cuando el gran duque Juan quiera reaccionar, ya estaremos muy lejos de aquí –se encaró con Ben Mossé y le preguntó–: ¿Tenéis algo que objetar, Abraham?

El hebreo dejó escapar un suspiro y se encogió de hombros.

–Supongo que no –dijo débilmente–. Pero vos, señor de Viborg, contempláis el asunto desde un único punto de vista: el robo del tesoro templario. Sin embargo, eso solo fue un medio para conseguir un objetivo, y es ese objetivo lo que debería preocuparnos. Por lo que sabemos, los aquilanos han invertido la totalidad del tesoro de Acre en la construcción de una catedral. No obstante, ahora que el templo está terminado, Corberán expulsa a los habitantes de Kerloc'h. No tiene sentido. ¿De qué sirve una catedral sin fieles? –sacudió la cabeza–. Hay algo que se nos escapa, pero ¿qué?... –volvió lentamente la mirada hacia mí–. Estabas en la visión de Moisés de León, Telmo; de un modo u otro, tú debes de ser la clave de este embrollo.

–Pues ignoro cómo, Abraham –repuse, un poco nervioso por la repentina atención que concitaba–. Ya os he contado todo lo que sé.

–Sí, sí, pero algo debemos de estar pasando por alto –el hebreo se mesó la barba, pensativo–. Esa estatua que has tallado... Al principio pensé que era importante, pues Corberán mostró gran interés en ella, pero ¿un san Miguel? –sacudió la cabeza y me preguntó–: ¿Tiene algo de especial esa escultura, Telmo?

En vez de contestarle, me dirigí al fondo del cobertizo y cogí uno de los bocetos que había realizado para preparar el tallado de la estatua. Se lo entregué a Ben Mossé y le dije:

–La escultura es así, Abraham.

El judío examinó el dibujo durante largo rato.

–¿La esculpiste exactamente igual? –inquirió–. ¿No añadiste ningún detalle?

–No... Bueno, sí. El gran maestre Corberán me pidió que grabara unos signos en el pedestal. El nombre de san Miguel escrito con letras hebreas.

Las cejas de Ben Mossé parecieron salir disparadas hacia arriba.

–¿Letras hebreas? –repitió con gran interés–. ¿Recuerdas cómo eran?

Asentí con la cabeza, cogí un trozo de yeso y tracé la inscripción sobre el banco de trabajo.

ל כ פ ר

Ben Mossé abrió mucho los ojos y su tez se tornó pálida como la cera.

–¡Dios mío! –musitó con un hilo de voz–. Es terrible, terrible... ¡Hay que destruir la catedral!

El maestro Hugo, que medio dormitaba sobre un taburete, dio un respingo.

–¿Destruir la catedral? –repitió alarmado–. ¿Qué es eso de destruir mi catedral?

–¿Qué sucede, Abraham? –preguntó Erik

Ben Mossé señaló los signos que yo acababa de trazar sobre el banco.

–Son caracteres hebreos, en efecto –dijo–, pero ahí no pone «Miguel». Esas cuatro letras son *resch*, *phi*, *caph* y *lámed*. Si las traducimos a vuestro alfabeto, obtendremos esto...

Cogió el yeso y trazó una letra debajo de cada signo: R-F-C-L.

–¿Erre, efe, ce y ele? –silabeó el maestro Hugo, perplejo–. Eso no tiene sentido...

Ben Mossé negó lentamente con la cabeza.

–La lengua hebrea se escribe sin utilizar vocales y se lee de derecha a izquierda, no como en vuestro idioma. Ahí pone «LCFR» –respiró profundamente y agregó–: Es un nombre... «Lucifer».

Sentí como si un golpe de calor me robara el aliento. Las moscas zumbaron a mi alrededor, pero me veía sin fuerzas para espantarlas.

¿Lucifer...?

Me estremecí. ¿Había esculpido, sin saberlo, una estatua del Diablo?

12

Un gran desconcierto siguió a la revelación de Ben Mossé. Erik desvió la mirada y se encerró en sus pensamientos. Loki acariciaba con los dedos el pomo de su cuchillo, ya que tocar hierro ahuyenta la mala suerte. Gunnar, entretanto, nos contemplaba con una vacilante sonrisa en los labios, pues su escaso conocimiento del idioma le impedía entender lo que estaba pasando. En cuanto al maestro Hugo, estaba tan sorprendido que no podía articular palabra. Fueron unos segundos de silencioso estupor que Ben Mossé quebró al descargar un puñetazo sobre el banco.

—¡Soy un estúpido! —exclamó—. ¡Tenía que haberlo comprendido mucho antes! Los aquilanos se llaman a sí mismos Caballeros del Águila de San Juan, pero ¿a qué Juan se refieren? ¿Al evangelista, al discípulo de Cristo, al Bautista...? ¡A ninguno de ellos! El nombre completo de la Orden es Caballeros del Águila de San Juan de los Siete Sellos, ¿no lo entendéis? ¡De los Siete Sellos! ¡Se refieren al Juan que redactó el Apocalipsis!

—¿Y qué? —preguntó Hugo.

—El Apocalipsis relata la llegada del anticristo y el fin del mundo. Pero hay algo más —el hebreo señaló los planos que estaban clavados en la pared—. Fijaos, la catedral tiene la planta en forma de cruz, como todas, pero en este caso los brazos se encuentran orientados hacia el oeste, en vez de hacia el este, como es lo usual. ¡Se trata de una cruz invertida! Y luego tenemos ese altar pagano que encontramos en la cripta secreta: la figura cornuda que hay en él es Cernunos, el dios celta de la fertilidad, sí, ¡pero Cernunos también es el Señor de los Infiernos! Y, por último, la estatua del altar mayor representa a Lucifer... —respiró profundamente y, tras una breve pausa, concluyó—: La catedral de Kerloc'h no está destinada a Dios, sino consagrada al Diablo.

Un escalofrío me recorrió la espalda. ¿El amable y generoso Corberán de Carcassonne era un adorador de Satanás? Solo el insistente zumbido de las moscas rompía el pesado silencio que siguió a las palabras de Ben Mossé. Erik se acarició la nuca, pensativo, y dijo:

–Antes hablasteis, Abraham, de destruir la catedral. ¿Cómo os proponéis hacerlo? ¿Con pólvora?

El hebreo asintió sin mucha convicción.

–Así es, pero... ¿recordáis la explosión que demolió la choza del bosque? Ese accidente acabó con toda mi provisión de pólvora, de modo que he estado haciendo más, pero me ha sido difícil conseguir azufre y... En fin, solo disponemos de un barril pequeño de pólvora. Demasiado poco para destruir la catedral; apenas la dañaría.

Sobrevino un nuevo silencio, esta vez teñido de desaliento. Me quedé mirando los planos del templo y me dije a mí mismo que yo era un masón, un constructor, y que, a fin de cuentas, nadie mejor que un constructor para saber cómo destruir un edificio. Paseé la mirada por las geométricas líneas del plano y, rememorando las enseñanzas de mi padre, imaginé el entramado de fuerzas y cargas que soportaba el templo. Y así, poco a poco, una idea fue tomando forma en mi mente.

–En realidad, no haría falta mucha pólvora para destruir la catedral –dije–. Yo creo que bastaría con la misma cantidad que reventó la choza del bosque. ¿Disponéis de ella, Abraham?

–Sí, incluso un poco más. Pero con eso ni siquiera lograríamos agrietar unos muros tan robustos...

Me aproximé a toda prisa a los planos.

–Fijaos –señalé con un dedo el dibujo que mostraba la planta del edificio–: el campanario se encuentra justo encima del coro, en el extremo oriental del templo, de forma que la cara oeste de la torre se abre a la nave central de la iglesia mediante un gran arco. Pues bien, ese arco sostiene todo el peso del campanario. ¿Me equivoco, maestro?

Hugo, que parecía en el fondo horrorizado ante la idea de destruir un templo que él había contribuido a erigir –por muy satánico que fuese–, asintió débilmente con la cabeza.

–Así es –musitó–. Sobre ese arco descansa la torre...

–Entonces –concluí con entusiasmo–, si destruimos el arco con la pólvora, el campanario perderá apoyo y se desplomará sobre la catedral.

Erik me miró de hito en hito durante unos segundos y luego se volvió hacia el maestro Hugo.

—¿Tiene razón el muchacho? —preguntó—. ¿La torre se caerá sobre la iglesia?

Hugo suspiró con desánimo.

—Sí —dijo—, eso es lo que ocurrirá...

El danés reflexionó mientras golpeaba nerviosamente su mano izquierda con el puño derecho. De repente, parecía muy excitado.

—¡Eso es! —exclamó al cabo de unos segundos—. ¡Usaremos la catedral como cebo! Escuchadme: los aquilanos se han encerrado en su fortaleza, y mientras permanezcan ahí serán invulnerables. El problema reside, por tanto, en conseguir que salgan. ¡Y Telmo, bendito sea, ha encontrado el modo! Mañana abandonaremos Kerloc'h, según estaba previsto, mas mis hombres y yo nos quedaremos ocultos en el bosque. Al anochecer, entraremos en la catedral, pondremos la carga de pólvora en el arco de la torre y la haremos explotar. Al ver que su preciosa iglesia se ha venido abajo, los aquilanos saldrán de la fortaleza y nosotros les tenderemos una emboscada —una expresión de salvaje alegría tensó sus facciones—. Los mejores planes son los planes sencillos —concluyó—, y este lo es. ¡Por san Wenceslao, puede funcionar!

Ben Mossé contempló con preocupación al danés.

—No deberíamos esperar a mañana, señor de Viborg —dijo—. Hagámoslo esta misma noche.

—Demasiado precipitado. Gunnar y Loki tienen que ir a la cantera para prevenir a nuestros hombres, y hay que preparar la emboscada. Además, será mejor actuar cuando el poblado esté vacío y los aquilanos desprevenidos. Debemos impedir que Simón o el gran maestre puedan escapar.

—Pero...

—Mañana, Abraham. Mañana.

Erik zanjó la discusión dándose la vuelta y comenzando a hablar con Gunnar y Loki en danés. Su rostro, por lo usual sereno, estaba ahora transido de ira y determinación. Entonces comprendí que a Erik le importaban un bledo la catedral de Kerloc'h y el culto satánico que practicaban los aquilanos. Su único deseo era castigar a quienes robaron el tesoro de Acre: a Corberán de Carcassonne, como instigador del delito, y en particular a Simón de Valaquia, pues no solo fue él quien llevó a cabo el robo, sino que además humilló al danés y le desfiguró el rostro. Era el odio lo que movía a Erik, y no la justicia o la piedad. De soslayo, advertí que Ben Mossé tenía la mirada ensombrecida. Me acerqué a él y le pregunté:

–¿Qué os preocupa, Abraham?

El judío se encogió de hombros.

–No lo sé, Telmo; tengo un mal presentimiento. Descubrir que los aquilanos adoran a Lucifer explica muchas cosas, pero no todas. ¿Por qué construyeron la catedral? Lo único que han conseguido es llamar la atención y, que yo sepa, ningún culto diabólico ha erigido nunca un templo tan grande a Satanás –frunció el entrecejo y agregó en voz baja–: Quizá la catedral posea una finalidad que ni siquiera sospechamos, y eso me inquieta...

La reunión se disolvió poco después. Gunnar y Loki partieron inmediatamente hacia la cantera y Erik pasó el resto de la tarde examinando detenidamente el terreno que rodeaba al templo, supongo que con el fin de planear la emboscada destinada a los aquilanos. Ben Mossé se fue enseguida, pues dijo que debía preparar la mecha necesaria para cebar la pólvora. Y el maestro Hugo, a quien la perspectiva de ver su trabajo destruido le llenaba de desánimo, comentó que tenía que preparar las cosas para el viaje y se fue cabizbajo a casa.

Así que me quedé solo. Recuerdo que permanecí unos minutos contemplando la catedral, que ahora se me antojaba siniestra y ominosa, y por primera vez me percaté de que no había en ella ningún símbolo cristiano. Las esculturas del pórtico mostraban terribles imágenes del Apocalipsis, bestias fabulosas y ángeles guerreros, y la decoración de los capiteles consistía en arpías y grifos, en salamandras y sierpes, pero no había ni una sola imagen de Cristo, o de la Virgen, o de los santos apóstoles. Aquel templo no era una representación en la Tierra del cielo, sino del infierno.

Entonces me acordé de Korrigan, pues fue él quien dijo que en la catedral había una cámara secreta a la que llamó precisamente infierno. En su momento lo tomé por el desvarío de un loco, pero ahora todo cobraba una perspectiva diferente. ¿Acaso no era lógico que un templo erigido al Diablo contuviera un lugar llamado infierno? Sin embargo, Helmut había buscado tal estancia secreta sin encontrarla... ¿O sí había dado con ella y fue esa la causa de su desaparición?

Sentí un escalofrío, en parte por la inquietud y en parte por el frescor de la brisa. El sol declinaba sobre el horizonte; se hacía tarde, y si quería aprovechar las horas de luz que quedaban para acabar de preparar mi equipaje, debía darme prisa. Me dirigí, pues, a la casa y allí encontré al maestro Hugo y a su familia ocupados en empaquetar sus enseres. Eran muy escasas las pertenencias que yo había de guardar en mis alforjas, de modo que me acosté temprano y, pese a la intranquilidad que sentía y a las insufribles moscas, no tardé en conciliar el sueño.

Horas más tarde, desperté en mitad de la noche, sobresaltado por una súbita revelación.

La luz de la luna se colaba por los ventanucos, iluminando con su pálido resplandor el interior de la sala. La casa estaba en silencio, salvo por los ronquidos del maestro Hugo, que llegaban apagados desde la habitación contigua. Un incomprensible murmullo me sobresaltó. Giré la cabeza y vi que Valentina estaba hablando dormida, al tiempo que se agitaba a causa de un mal sueño, mas no le presté atención, pues yo tenía mi propio sueño en el que pensar.

Porque fue un sueño lo que me despertó. En él se me aparecía Korrigan, cubierto de sangre y heridas, como cuando encontramos su cadáver, pero vivo y muy enfadado. «Tú no eres mi amigo, Telmo», decía. «Mira lo que me han hecho por tu culpa. Y ahora que estoy muerto, ¿qué será de mi alma? Arderá en el infierno por toda la eternidad, salvo... salvo que tú vayas a buscarla». «Pero si no sé dónde está el infierno», protesté en mi sueño, y él me contestó: «Claro que lo sabes. Yo te lo dije: *inter ut et sol porta infernorum est*». Luego, comenzó a repetir una y otra vez la misma frase, y entonces me desperté. Y por primera vez comprendí el significado de las extrañas palabras de Korrigan.

Pero debía asegurarme, claro, de modo que me vestí en silencio y cogí un candil. Antes de abandonar la casa del maestro, me incliné sobre Valentina, que seguía agitándose en sueños, y le acaricié suavemente la negra cabellera. El tacto de mi mano pareció tranquilizarla, así que la arropé y luego me dirigí a la puerta, la abrí con cuidado de no hacer ruido y salí al exterior, camino de la catedral.

El cielo estaba despejado y una enorme luna llena brillaba entre las estrellas, transformando el mar en una llanura fosforescente e inundando la tierra con su lechosa claridad. Conforme dejaba atrás las solitarias casuchas de Kerloc'h y me aproximaba al templo, el irreflexivo valor que me había impulsado a salir de casa en plena noche fue trocándose en una intensa desazón, y cuando finalmente llegué a la catedral, me sentía tan amedrentado por su lúgubre estampa que a punto estuve de darme la vuelta y regresar a casa corriendo. A fin de cuentas, pensé, las dos personas que habían buscado el «infierno» estaban ahora muertas, y yo no deseaba correr igual suerte. Sin embargo, al día siguiente abandonaría Kerloc'h y solo disponía de aquella oportunidad para comprobar si estaba en lo cierto, de modo que hice de tripas corazón y me dispuse a entrar en el edificio.

El pórtico estaba cerrado con llave, pero ya contaba con eso. Busqué un rollo de cuerda entre los materiales de obra, me lo eché al hombro y me enganché el candil en el cinto; luego, me dirigí a los andamios que todavía cubrían el exterior de la torre y trepé por ellos hasta llegar a la cornisa que recorría la fachada sur, a la altura de los ventanales, unos cuarenta pies por encima del suelo. Pegando la espalda al muro, comencé a avanzar por la cornisa, con mucha precaución –pues una caída desde esa altura sería mortal–, hasta alcanzar el ventanal que, según había advertido la tarde anterior, tenía una cristalera rota.

Atisbé, a través del vano, el sombrío interior del templo y até un extremo de la soga a una de las columnas de la ventana. Contuve el aliento, me encomendé a todos los santos que pude recordar, agarré la cuerda con ambas manos y me descolgué lentamente, en medio de la oscuridad, hasta alcanzar las losas del suelo.

Durante unos segundos permanecí inmóvil, atento a cualquier indicio de peligro, mas allí no había nadie y solo el rumor de la brisa y el lejano batir de las olas quebraban el profundo silencio que reinaba en la catedral. Me armé de valor y eché a andar por la nave central, despertando con mis pasos un coro de débiles ecos. La luz de la luna se filtraba a través de las vidrieras e iluminaba tenuemente el interior del templo, mas las tinieblas cubrían la mayor parte del enorme recinto, como un manto de terciopelo negro.

Me detuve frente al órgano. Era inmenso, descomunal, con sus metálicos tubos alzándose sesenta pies por encima del suelo. Elevé la mirada y contemplé aquellas hileras de tubos verticales, encastradas en un gran armazón de madera tras el que se ocultaban los mecanismos del órgano. Pero ¿y si detrás de ese armazón no hubiese lo que se suponía que debía haber?

Korrigan dijo: «*Inter ut et sol porta infernorum est*», lo que podía traducirse como «la puerta del infierno está entre las notas *ut* y *sol*». Hasta entonces había pensado que era una frase absurda, pero –ahora lo comprendía– Korrigan pretendía decirme que la entrada a la sala secreta de la catedral se encontraba oculta en el único lugar de la catedral relacionado con la música: el órgano. Y como el bretón dijo que el infierno estaba en lo alto, debía de referirse a los tubos del órgano.

Paseé la mirada por el muro en donde estaba adosado el instrumento y advertí que a la izquierda se alzaba una pilastra cuyas molduras horizontales podrían servirme de escalera para alcanzar la delgada cornisa que, a unos cuarenta pies de altura, acababa desembocando en los haces tubulares del órgano.

Permanecer en aquella oscura y siniestra catedral me ponía cada vez más nervioso, de modo que, sin pensarlo dos veces, trepé por la pilastra, alcancé la cornisa y la recorrí paso a paso hasta llegar a la parte superior del órgano. Había un saliente en el armazón que sostenía los tubos, así que me acomodé sobre él, desenganché el candil del cinto, saqué del bolsillo una lasca de pedernal y, golpeándola con el canto de mi cuchillo, provoqué las chispas necesarias para encender la mecha.

Las moscas, alarmadas por mi presencia, zumbaron furiosas a mi alrededor. Un desagradable olor a podredumbre hirió mi nariz. Supuse que el cadáver de una rata se descomponía en algún lugar cercano y, bajo el titubeante resplandor del candil, comencé a examinar el órgano. Como yo había supuesto, aquel instrumento era pura apariencia, pues al golpear los tubos con el puño, estos no sonaron a hueco. Lo que tenía frente a mis ojos era un simulacro destinado a ocultar algo.

Tampoco me llevó demasiado tiempo encontrar la puerta disimulada entre los tubos –de cerca, las rendijas que perfilaban su contorno eran claramente visibles–, pero tardé mucho más en dar con el resorte que la abría. Finalmente, al cabo de unos diez minutos de búsqueda, descubrí que una de las molduras del armazón era en realidad una palanca. Tiré de ella con fuerza, sonó un chasquido y la puerta giró sobre sus goznes acompañada por un lamento de óxido.

Al instante, una tufarada de podredumbre y descomposición me golpeó como un puñetazo. Aquel terrible olor tenía su origen al otro lado del umbral, así que comencé a imaginar cosas espantosas y a punto estuve de largarme de allí a toda prisa, pero la curiosidad pudo más que el pánico; contuve el aliento y, armándome de valor, crucé la puerta.

Al otro lado del falso órgano había, en efecto, una habitación oculta. El infierno, ese era el nombre que le había dado Korrigan, y con razón. La estancia mediría unas cinco varas de fondo por ocho o nueve de ancho y apenas dos de alto. Carecía de ventanas, por lo que estaba sumida en una densa oscuridad, así que extendí el brazo para que el débil resplandor del candil me revelara lo que allí había.

Sentí que el corazón me daba un vuelco.

Frente a mí, tallada en el muro de piedra, había una inmensa estrella de David invertida y, flanqueándola, sendas estatuas que representaban... no sé bien cómo describirlas. Eran dos seres monstruosos tallados en piedra negra; tenían cabezas de carnero, y garras, y cuerpos vagamente humanos, aunque retorcidos de forma abyecta. Pero eso no era lo peor, oh no, ni mucho menos. Por doquier había estantes y vitrinas, y sobre sus anaqueles descansaban búhos y cuervos disecados, pezuñas de cabra, fetos momificados, manos cercenadas, ídolos monstruosos, calaveras de lobo y una serie de tarros de vidrio cuyo indescriptible contenido se asemejaba a resecos órganos humanos.

Se trataba de un espectáculo terrorífico, mas aquello tampoco era lo peor. Sobrecogido, volví el candil a la derecha y avancé unos pasos hacia el fondo de la habitación. Y, paulatinamente, el resplandor de la llama me fue mostrando el auténtico horror. Eran doce esqueletos que aún conservaban los cabellos y pardos jirones de carne seca. Once de ellos estaban cubiertos con las humildes ropas de los artesanos constructores; el duodécimo portaba las ricas vestimentas de un maestro de obras. Al instante supe que eran los restos de Thibaud de Orly y de los compañeros francmasones desaparecidos.

El miedo que sentía era tan intenso que me tambaleé como si hubiera recibido un golpe, y entonces, al moverme, la luz del candil me mostró que junto a aquellos restos había un cadáver más reciente: el cuerpo en descomposición de Helmut de Colonia. Las moscas volaban sobre él formando una vibrante nube gris.

Proferí un grito ahogado y luego, perdiendo el control, aspiré ansioso una bocanada de aire, y noté cómo el hedor de la muerte me invadía, y mi cuerpo se arqueó con una arcada, y vomité allí mismo, sin poder contenerme. Entonces, el candil se me escapó de entre las manos, y de pronto me encontré sumido en la oscuridad, y el pánico más profundo que jamás haya sentido me hizo salir de allí a toda prisa, con el corazón desbocado, tan precipitadamente que a punto estuve de caer al vacío.

Cerré la puerta a mi espalda y me apoyé contra los falsos tubos del órgano. Enjugué con la manga el sudor frío que perlaba mi frente e intenté serenarme. Entonces me pareció oír un ruido, y creí atisbar figuras ocultas en la oscuridad, de modo que atravesé la cornisa apresuradamente, bajé al suelo por la pilastra, crucé la nave central a la carrera, alcancé el lugar donde estaba la soga tendida y comencé a trepar por ella. Lo único que pensaba en ese momento era en huir lo antes posible de aquella pavorosa catedral.

El frescor de la brisa me tranquilizó un poco, devolviéndome el color a las mejillas, pero seguía estando muy asustado. Miré en derredor para asegurarme de que no hubiera nadie y me apoyé contra uno de los contrafuertes de la catedral. El corazón me latía alocadamente. Respiré hondo varias veces e hice esfuerzos por ordenar las ideas. Debía contarle a alguien mi terrible descubrimiento, pero ¿a quién? Deseché al maestro Hugo y a Ben Mossé, pues ninguno de ellos podía hacer nada al respecto, e inmediatamente pensé en Erik. Sí, el guerrero templario era lo suficientemente fuerte como para sentirme seguro a su lado. Él sabría lo que hacer.

Sin pensarlo dos veces, eché a correr hacia el poblado. El miedo ponía alas a mis pies, de modo que tardé escasos minutos en llegar a la casa de Erik, una pequeña choza de madera situada en el centro de Kerloc'h. Sin contener mi carrera, abrí la puerta de golpe y me precipité al interior.

–¡Erik! –grité.

En la oscuridad de la estancia, vislumbré cómo el danés saltaba del jergón y empuñaba su espada. Por un instante temí que fuera a ensartarme con ella, pero Erik se contuvo al reconocerme.

—¿Eres tú, Telmo?...

—¡Debo hablar contigo!... —dije entre jadeos—. ¡He encontrado la cámara secreta y...!

—Espera, espera; cálmate, muchacho —el danés devolvió la espada a su vaina—. Vamos, toma asiento y recupera el resuello.

Muy nervioso, me acomodé sobre un taburete. Erik prendió una lamparilla de aceite y cerró la puerta; luego, tras ponerse un jubón sobre la camisa, se sentó frente a mí.

—Es muy tarde —dijo—. O, más bien, muy temprano. ¿Qué haces despierto tan de madrugada?

—La catedral —repuse cuando recobré el aliento—; he encontrado la estancia secreta. Está escondida tras los tubos del órgano...

—¿Has estado en la catedral esta noche?

—Sí, de ahí vengo —repliqué con impaciencia—. Escucha: he entrado en la sala oculta y... —tragué saliva—. Hay cosas horribles... He visto los cadáveres de Thibaud de Orly y de los compañeros desaparecidos, y también estaba el cuerpo de Helmut...

Erik enarcó las cejas.

—¿Estás seguro? ¿Dices que has visto los...?

No pudo completar la frase. De pronto, la puerta se abrió violentamente y entraron en la cabaña cuatro mercenarios. Erik hizo amago de empuñar su espada, pero uno de los turcos le contuvo apuntándole con una ballesta. Durante quién sabe cuántos interminables segundos, no sucedió nada; diríase que el tiempo se hubiera detenido. Luego, un quinto hombre cubierto con negras vestiduras cruzó la puerta y entró en la cabaña. Era muy alto y fornido, y en su rostro destacaba una nariz ganchuda semejante al pico de un ave de presa. Era Simón de Valaquia, Corvus.

—Vaya, vaya, vaya... —dijo el recién llegado con una sonrisa cruel y los ojos fijos en el danés—. ¿Quién está aquí? ¡Pero si es mi buen amigo Erik de Viborg! Cuando saltaste por la muralla de Acre, huyendo de mí, te di por muerto. Mas veo que los cobardes sois muy resistentes a las caídas.

Erik encajó la ofensa en silencio. Sus labios, de tan prietos, parecían una pálida cicatriz, mientras que la auténtica cicatriz era una línea escarlata.

–¿No te alegras de reencontrarte con un viejo compañero de armas, Erik? –prosiguió en tono burlón Corvus–. Ah, pero veo que has cambiado de oficio. Ahora te dedicas a la construcción, ¿verdad? No me extraña; siempre fuiste un pésimo guerrero.

Los ojos del danés parecieron relampaguear.

–Te mataré, Simón –susurró–. Con mis propias manos.

El capitán de los mercenarios profirió una carcajada.

–Ya lo intentaste, amigo mío –dijo con desdén–, y fuiste tú quien estuvo a punto de morir –se dio la vuelta y, al tiempo que abandonaba la cabaña, ordenó a sus hombres–: Encerradlos.

De modo que los turcos nos sacaron a empujones de la casa y nos condujeron a la fortaleza. Mientras cruzábamos Kerloc'h, vimos que las tropas mercenarias de la Orden se encontraban por doquier y, bajo el mando de los negros caballeros del Águila, se dedicaban a apresar a todos los hombres, mujeres y niños que aún permanecían en el poblado.

Todavía hoy recuerdo, como si fuera una pesadilla, el flamear de las antorchas, los gritos de pánico, los rostros inexpresivos y severos de los aquilanos mientras se llevaban a la gente a punta de espada, como pastores conduciendo ovejas al matadero.

13

A Erik y a mí nos encerraron, separados de los demás, en una sórdida celda cuyo único lujo consistía en una pequeña ventana con gruesos barrotes desde la cual, por encontrarnos en el ala oeste de la fortaleza, veíamos el mar y, si forzábamos la vista hacia la derecha, también la catedral. Desde esa ventana distinguimos, al amanecer, un rojizo resplandor iluminando los muros del templo, y una negra columna de humo, tan densa que oscurecía el cielo.

–Le han prendido fuego al poblado –observó Erik en tono neutro.

–¿Por qué? –estallé perdiendo el control–. ¿Por qué nos hacen esto?

El danés se encogió de hombros y yo, incapaz de contenerme, me eché a llorar desconsoladamente.

–Tranquilízate, Telmo –Erik se sentó en el suelo con la espalda apoyada contra el muro y agregó–: No sacarás nada en claro dejándote llevar por los nervios.

Sorbí por la nariz y me enjugué las lágrimas con el dorso de la mano. Me avergonzaba mi reacción, pero había sufrido demasiados sobresaltos durante las últimas horas, había visto cosas demasiado horribles, y no podía pensar con claridad. Intenté tranquilizarme.

–Y ahora, ¿qué va a pasar? –pregunté con voz trémula.

–El gran maestre vendrá a visitarnos.

–¿Cómo lo sabes?

Erik apoyó la nuca contra el muro y cerró los ojos.

–Porque a Corberán le gusta presumir –dijo.

Durante unos minutos permanecí en silencio, con la cabeza gacha, sintiendo compasión por mí mismo, convencido de que el destino nos depararía idéntico fin que a Helmut y a los restantes compañeros que yacían en la cámara secreta.

Finalmente, cuando conseguí espantar tan lúgubres pensamientos, alcé la mirada y descubrí para mi sorpresa que Erik, pese a la terrible situación en que nos hallábamos, se había quedado profundamente dormido.

No apareció nadie durante toda la mañana. Ni siquiera nos trajeron comida o agua; era como si se hubiesen olvidado de nosotros. Mas, poco después del mediodía, entraron en la celda dos turcos armados con ballestas y, tras ellos, Corberán de Carcassonne y Simón de Valaquia.
—¿Os encontráis bien? —preguntó el gran maestre con amabilidad—. ¿Os han dispensado mis hombres un buen trato?
Erik permaneció sentado en el suelo, como si acabara de despertarse, aunque en su mirada no había sopor, sino un odio intenso y ardiente.
—Sois un vulgar ladrón, Corberán —dijo en tono gélido—. Vos robasteis el tesoro del Temple en Acre.
El gran maestre sonrió.
—Oh, no fui yo exactamente. Lo hizo Simón, aunque siguiendo mis instrucciones. Pero fue por un buen fin; ese oro habría acabado en las arcas de unos corruptos aristócratas y, sin embargo, ahora ha servido para levantar una catedral.
—Una catedral consagrada al Diablo —escupió Erik.
—Vos me engañasteis —me atreví a intervenir—. Me hicisteis creer que tallaba una imagen de san Miguel, pero en realidad era Lucifer...
Corberán rio suavemente, como un abuelo divertido ante la ingenuidad de un niño pequeño.
—Me temo —dijo— que si te hubiera confesado de quién era la estatua, no te habrías prestado a colaborar de tan buen grado. Pero eso carece de importancia —hizo una pausa y prosiguió en tono burlón—: ¡El Diablo! ¡Satanás! Esas son palabras que se emplean para asustar a los críos. Pero ¿qué significan en realidad? —hizo una breve pausa y prosiguió—: Hace muchos años, cuando partí a Tierra Santa, lo hice con el corazón henchido de amor hacia Jesucristo. Iba a luchar por la fe, por la verdadera religión... Pero el tiempo pasó y nosotros, los cristianos, comenzamos a perder. Y cayó Jerusalén, y Haifa, y Cesarea, y nos masacraron en Mensurah. ¡Los musulmanes nos estaban derrotando en todos los frentes! Entonces

me pregunté qué clase de Dios abandona a quienes luchan en su nombre, y me dije a mí mismo que si Él nos había vuelto la espalda, yo le respondería de idéntica manera. De modo que, en compañía de un pequeño grupo de selectos seguidores, aquellos que hoy son los caballeros del Águila, comencé a interesarme por las creencias ocultas del Oriente. No, no me refiero a Mahoma y ese Alá suyo que tan escasamente difiere del Dios de los cristianos. Estoy hablando de otra clase de creencias, de saberes arcanos que vosotros no podéis ni concebir. Leí textos prohibidos, como *La Clavícula de Salomón*, *El Libro de Thot*, el *Nequepso-Petosiris*, *La Tabla Esmeralda*, o los tratados ocultos de Abdul Alhazred. Entré en contacto, además, con los seguidores del Viejo de la Montaña y con diversas sectas secretas cuya existencia ni siquiera sospecháis. Así fue como encontré la verdadera fe.

—La fe en el Diablo —repliqué, con un valor que a mí mismo me sorprendió—. Vuestra alma arderá en el infierno.

—¿Y tú qué sabes, muchacho? —contestó Corberán mirándome con una mezcla de conmiseración y desprecio—. ¿Conoces acaso el significado del nombre Lucifer? «Portador de la luz», eso significa. Lucifer era un ángel, el más bello y perfecto de todos, el preferido. Pero Lucifer vio la tiranía de Dios y se enfrentó a Él. Es cierto que su rebelión fracasó y que aquel ángel perfecto fue exiliado a los infiernos, pero solo fue una batalla perdida, no la derrota definitiva. La batalla final todavía no se ha librado. Por tal razón he levantado la catedral de Kerloc'h: para alabar el nombre de Lucifer y proclamar su advenimiento.

—Y la habéis llenado de cadáveres... —musité débilmente.

Corberán me contempló con curiosidad.

—Ah, es cierto —dijo sonriente—; has encontrado la cámara secreta, el sanctasanctórum de la catedral. No debería extrañarte lo que has visto en su interior; toda iglesia debe poseer una sala donde guardar las reliquias sagradas. Para construirla, tuve que parar las obras y despedir a la mayor parte de los obreros, pues no quería que su existencia fuese *vox populi*, si me permitís el latinajo. Solo se quedaron el maestro Thibaud y un puñado de trabajadores, mas ellos tampoco podían estar en posesión del secreto y, una vez realizado su trabajo, hubo que eliminarlos. Aunque intenté salvar a Thibaud de Orly; era un hombre instruido e inteligente y pensé que comprendería mis propósitos. Mas cuando me sinceré con él y le confesé nuestros planes... Bueno, el viejo maestro constructor resultó estar tan lleno de prejuicios como todos vosotros –suspiró con resignación–. En cualquier caso, sus cuerpos forman ahora parte de nuestro tesoro de reliquias. Son sagradas ofrendas a Lucifer.

–Y luego matasteis a Korrigan y a Helmut de Colonia –terció Erik con voz gélida–. ¿También para ofrendarlos al Diablo?

–No, señor de Viborg; no fue por eso. Ambos estuvieron husmeando por donde no debían, siempre buscando la cámara secreta –sonrió–. Y acabaron encontrándola. El cuerpo del germano pasó a formar parte del sanctasanctórum, y en cuanto a ese loco bretón... En fin, era un miserable tullido y utilizarle como ofrenda habría sido insultar al Príncipe de las Tinieblas, así que dejamos su cadáver tirado por ahí, como una basura.

–Habéis perdido el juicio, Corberán –el tono de Erik reflejaba el asco que sentía–. ¿Acaso creéis que vuestros actos quedarán impunes? Hay personas muy poderosas que saben dónde estáis y qué hacéis, y pronto pondrán fin a vuestros desmanes.

Repentinamente, el gran maestre de los aquilanos se echó a reír. Me sorprendió comprobar que, pese a la negrura de su alma, su risa seguía siendo tan pura y cristalina como la de un bondadoso abuelo.

–No sigáis, señor de Viborg, que me estáis asustando –dijo Corberán en tono burlón–. ¿Os referís al Papa? Ese hombre debe de estar muy desesperado para recurrir a un judío, ¿verdad? Ah, sí, no os sorprendáis; ya sé que Abraham Ben Mossé es un agente de Roma. Como sabía desde hace tiempo que el Temple os había enviado a Kerloc'h, en secreto, a vos y a esos dos sargentos vuestros. Se llaman Gunnar y Loki, ¿verdad? Por cierto, ¿dónde están ahora? ¿Con los quince soldaditos que pretendéis mantener ocultos en la cantera?

Corberán guardó unos instantes de silencio, como si quisiera disfrutar plenamente de la perplejidad que se había instalado en nuestros rostros. ¿El gran maestre estuvo al tanto en todo momento de nuestra identidad y de nuestros planes? Lo que no entendía es por qué no nos había detenido antes.

–Me enternece vuestra inocencia –prosiguió el gran maestre, como si hubiera leído mi mente–. ¿De verdad pensabais que podíais hacer algo contra la Orden del Águila? Al contrario, vuestra presencia en Kerloc'h nos garantizaba el tiempo necesario para concluir la catedral —suspiró con fingida resignación—. Tendríais que haberos ido ayer, pero ahora... me temo que ya no tenéis salvación.

—Podéis matarnos —replicó Erik—, pero vendrán otros y en mayor número. Solo habéis conseguido retrasar el momento de vuestro castigo.

—¡Pero eso es todo lo que necesitábamos! —rio Corberán—. Un poquito más de tiempo para rematar nuestra obra. Luego, cuando Roma o el Temple quieran reaccionar, será demasiado tarde.

Erik volvió la mirada hacia Corvus, que había asistido en displicente silencio a la conversación, y le espetó:

—Sabía que eras un traidor y un ladrón, pero ignoraba que también fueses un blasfemo adorador del Diablo. ¿O es que te has vuelto tan loco como tu amo?

Ignorándole, Simón de Valaquia dijo a Corberán:

—Deberíamos acabar con ellos, señor. ¿Qué ganamos teniéndolos encerrados?

El gran maestre sonrió bondadosamente.

—Pero, mi querido amigo, ¿no te das cuenta de que pronto necesitaremos más ofrendas? Lucifer siempre tiene hambre de almas, nunca está satisfecho, y esta gente será una valiosa provisión de víctimas para el holocausto —se volvió hacia nosotros—. En el fondo, tenéis suerte: vais a ser testigos del advenimiento de una nueva era.

Dicho esto, Corberán se dio la vuelta y, seguido por Corvus y por los dos mercenarios turcos, abandonó la celda. Al quedarnos solos, Erik respiró profundamente y comentó con ironía:

—¿Ves? Ya te dije que a Corberán le gusta presumir.

Intenté tragar saliva, pero tenía la boca seca.

—He creído entender —musité— que se proponen sacrificarnos al Diablo...

—Sí, eso parece.

—¿Y qué vamos a hacer?

Erik cerró los ojos y apoyó la cabeza contra el muro.

—Esperar —dijo.

Le miré de soslayo y advertí que una amplia sonrisa se perfilaba en sus labios. ¡Pese a la terrible situación en que nos hallábamos, parecía contento y feliz! Suspiré con desánimo y me sumergí en un océano de sombríos pensamientos, convencido de que todo el mundo se había vuelto loco a mi alrededor.

Esperar... Pero ¿esperar qué? ¿Un milagro? Las horas se arrastraron como caracoles en el frío silencio de la celda. Nada ni nadie perturbó nuestro aislamiento, y aquella quietud, aquel alarmante sosiego, me destrozaba los nervios.

A media tarde oímos una lejana algarabía que parecía proceder de la entrada de la fortaleza. Miré por la ventana, pero desde donde estábamos no podía verse nada. Aun así, escuché un tintineo de armas, relinchos, voces impartiendo órdenes, como si los aquilanos estuvieran abandonando la fortaleza. También oí otra cosa: un grito de mujer, un alarido tan lleno de terror que me encogió el corazón.

Más tarde, poco antes del ocaso, pude ver a través del ventanuco que una extraña procesión se dirigía a la catedral. Los Caballeros del Águila marchaban en cabeza, transportando a hombros la estatua de Lucifer que yo, sin saberlo –mas para mi vergüenza–, había esculpido; tras ellos iban los mercenarios turcos, con antorchas en las manos y armados hasta los dientes, como si fueran a presentar batalla.

Le comenté a Erik lo que estaba sucediendo, pero apenas me prestó atención, y siguió allí, sentado en el suelo, reclinado contra el muro, con los ojos cerrados, como si estuviera descansando tranquilamente después de un alegre almuerzo campestre. Aquella actitud suya, tan insólita, me desmoralizaba profundamente. Yo habría esperado de él que hiciera planes para escapar de aquella prisión, que intentara alguna estratagema, pero nunca tal indolencia. ¿A qué demonios estaba aguardando Erik de Viborg?

Apenas tardé media hora en descubrirlo, pues al cabo de ese tiempo se oyó tras la puerta de la celda un débil sonido, algo así como un golpe seguido de un gemido entrecortado, y luego un casi imperceptible rumor de pasos.

Entonces, Erik se puso en pie de un salto y permaneció unos segundos atento, con un brillo de excitación en la mirada.

–Ya han llegado... –murmuró.

El sonido de la cerradura al descorrerse resonó en el interior de la celda; luego, la pesada puerta de roble se abrió y Loki cruzó el portal acompañado por dos soldados tocados con las enseñas del Temple.

–Disculpad la tardanza –dijo el pequeño danés con entreverada ironía–; este maldito lugar parece un laberinto y he tardado más de lo previsto en encontraros.

No daba crédito a mis ojos: ¡Loki había venido a rescatarnos! Le habría abrazado allí mismo, de no ser porque Erik se adelantó y, poniendo una mano sobre el hombro de su sargento, le dijo:

–Gracias, amigo mío. Dime: ¿qué está sucediendo?

Loki se encogió de hombros.

–Cosas muy extrañas. Hace hora y media que los aquilanos han abandonado la fortaleza y se han dirigido a la catedral. El gran maestre y los caballeros de la Orden han entrado en el templo y han cerrado las puertas, pero los mercenarios turcos se han quedado fuera protegiendo la entrada. Solo han dejado tres centinelas en la fortaleza –se encogió de hombros–. Ninguno de ellos está ya en condiciones de causarnos problemas, pero tengo un mal presentimiento. No sé, todo esto es muy...

–Muy extraño, sí –completó la frase Erik–. ¿Dónde está Gunnar?

–Nos espera abajo, en las mazmorras. Ha ido a liberar a los otros prisioneros.

Abandonamos la celda y, tras recorrer varios pasillos y bajar una estrecha escalera de caracol, llegamos a las catacumbas de la fortaleza, donde reinaba una gran confusión. Gunnar había liberado de su encierro a los habitantes de Kerloc'h, poco más de una veintena de personas que ahora le rodeaban en medio de una algarabía de agradecimientos, sollozos y preguntas.

–Ah, Telmo –me saludó el gigantesco danés al verme–; alegría de verte. Creí que muerto tú.

–También yo me daba por muerto, Gunnar –le respondí.

–¿Y Ben Mossé? –preguntó Erik.

Abraham no se encontraba entre los prisioneros liberados y nadie le había visto desde el ataque de los Caballeros del Águila, pero el misterio de su desaparición quedó inmediatamente relegado cuando el maestro Hugo, sosteniendo por los hombros a su demudada esposa, preguntó:

–¿Habéis encontrado a mi hija? Los aquilanos se la llevaron y no hemos vuelto a saber de ella...

Un repentino silencio siguió a estas palabras.

–Está en la catedral –respondió Loki al cabo de unos segundos–. Los aquilanos la llevaban consigo cuando se encerraron allí.

El corazón me dio un vuelco. ¿Valentina estaba en poder de aquellos locos? María, la mujer de Hugo, se echó a llorar y un confuso alboroto se desató en el interior de la mazmorra.

—¡Silencio! —gritó Erik alzando los brazos—. Lo primero es salir de aquí, de modo que seguidnos ordenadamente.

Fue una extraña procesión la que recorrió el interior de la fortaleza. Erik y sus hombres iban en cabeza, portando antorchas; yo caminaba tras ellos y a mis espaldas marchaba una desordenada comitiva de hombres, mujeres y niños. Mientras cruzábamos los oscuros corredores, el estrépito de nuestros pasos se mezclaba con el llanto de los más pequeños y los susurros de consuelo de sus madres. Aquello parecía una fiesta de locos, solo que carente de alegría.

Cuando llegamos al exterior, el sol estaba punto de ponerse. Junto a la entrada de la fortaleza aguardaba el resto de los soldados templarios que habían permanecido ocultos en la cantera. Todos iban pertrechados para el combate, armados hasta los dientes; en sus escudos destacaba la roja cruz paté del Temple. La presencia de aquellos soldados me tranquilizó un poco, pero no pude evitar estremecerme al ver las ruinas humeantes en que se había convertido Kerloc'h. Giré la mirada hacia la lejana catedral y, aguzando la vista, advertí que los mercenarios turcos montaban guardia frente al pórtico, parapetados tras una trinchera improvisada con materiales de obra. Mi ánimo se ensombreció, pues las tropas aquilanas doblaban en número a las templarias.

Entonces me percaté de algo quizá insignificante, pero desde luego inusitado: las moscas, que hasta entonces nos habían martirizado revoloteando a nuestro alrededor, ya no volaban. Por contra, miles, millones de esos insectos permanecían posados en el suelo, como una alfombra gris. Comencé a preguntarme cómo era eso posible, mas no pude proseguir con tales pensamientos.

Porque entonces, repentinamente, la campana de la catedral sonó. Y su tañido hizo estremecer la tierra bajo nuestros pies.

Las campanadas se sucedían muy espaciadas, una cada treinta latidos de un corazón tranquilo, pero su efecto no podía ser más aterrador, pues cuando la voz de bronce restallaba en lo alto del campanario, la tierra temblaba como sacudida por un leve terremoto. Jamás habíamos oído un sonido similar; era grave y agudo al tiempo, y lo percibíamos no solo con los oídos, sino también a través de los huesos, en las vísceras, con todo nuestro ser. Un niño se echó a llorar. Los soldados se miraron entre sí, nerviosos. Transcurrieron unos instantes de intranquilo estupor y entonces oímos una voz:

—¡Estoy aquí!

Era Abraham Ben Mossé. Había surgido de la cercana arboleda y se aproximaba rápidamente a nosotros, llevando en los brazos un pequeño barril.

—¿Dónde os habíais metido, Abraham? —preguntó Erik cuando el judío llegó a nuestra altura.

Ben Mossé dejó el barril en el suelo y, con las manos apoyadas en las rodillas, se tomó un tiempo para recuperar el resuello.

—Estaba despierto cuando los aquilanos asaltaron el poblado —dijo, al fin, entre jadeos—, de modo que los oí llegar y pude ponerme a salvo refugiándome en el bosque. También logré llevarme la pólvora —añadió señalando el barril—. Pero ahora eso no tiene importancia. Debemos hablar en privado, señor de Viborg. Ven tú también, Telmo.

Nos alejamos unos pasos hasta detenernos en el ángulo oeste de la fortaleza, desde donde podíamos ver con claridad la catedral. El sonido de la campana hizo estremecer la tierra y advertí que el rostro de Ben Mossé palidecía.

—¿Habéis hablado con Corberán? —preguntó.

—Sí —repuso Erik—. Ha venido a comprobar si estábamos cómodos en la celda donde nos había encerrado.

—¿Y qué os ha dicho?

—Locuras.

—Pero ¿qué clase de locuras? —insistió con impaciencia el hebreo—. ¿Ha mencionado que fuese a suceder algo en breve?

—Así es —intervine yo—. Dijo que íbamos a ser testigos del advenimiento de una nueva era, o algo así.

Ben Mossé suspiró con cansancio.

—Ya sé para qué han construido la catedral. La estructura del templo no es más que una inmensa caja de resonancia para la campana —hizo una pausa y agregó—: Y el objetivo de esa campana es convocar al Diablo.

Erik y yo intercambiamos una perpleja mirada.

–¿Convocar al Diablo? –repitió el danés–. ¿Vos creéis en esas cosas, Abraham?

Ben Mossé hizo un ademán hacia lo alto.

–Por amor de Dios –dijo–, contemplad el cielo.

Alzamos la mirada y, bajo la tenue luz del ocaso, fuimos testigos de un espectáculo increíble: el cielo, que había permanecido todo el día despejado, se nublaba ahora a inusitada velocidad. Las nubes, como surgidas de la nada, se condensaban en el aire y crecían a toda prisa hasta convertirse en negros nubarrones. Una nueva campanada sacudió la tierra y aquel terrible sonido pareció acelerar la formación de la tormenta, cuyo centro estaba situado justo encima de la catedral. El lejano resplandor de los relámpagos resaltaba sobre el ahora oscuro horizonte.

Experimenté un súbito acceso de pánico. De un modo u otro, presentía que oscuras fuerzas estaban entrando en liza, y me sentí pequeño y desvalido, y por un momento añoré hasta la desesperación la casa de mis padres, que tan alegremente había dejado atrás, y a punto estuve de echarme a llorar, pero Ben Mossé comenzó a hablar y sus palabras lograron devolverme a la realidad.

–Los aquilanos siguen, a su manera, las revelaciones del Apocalipsis de san Juan, un texto que anuncia la llegada del anticristo y la batalla entre las fuerzas del bien y el mal, el Armagedón. Y creo que eso es precisamente lo que se propone llevar a cabo Corberán hoy mismo: convocar a Lucifer y a sus ejércitos para librar la batalla del Armagedón.

–Pero es una locura, Abraham... –protestó Erik.

–Entonces, ¿por qué se han encerrado los aquilanos en esa maldita catedral? ¿Y por qué tañen una campana que sacude el propio suelo que pisamos y atrae las tormentas? –Ben Mossé vaciló unos instantes–. ¿Y por qué se han llevado con ellos a esa muchacha, la hija del maestro Hugo? –suspiró–. Los conjuros para convocar al Diablo requieren el sacrificio de una virgen. ¿No lo sabíais?

Una nueva campanada me sobresaltó, estremeciendo los mismísimos cimientos del orbe. De pronto, recordé el concurso de escultura, y el interés que demostró Corberán en la pureza de Valentina, y comprendí que el gran maestre solo pretendía cerciorarse de contar con una virgen para sacrificarla a Lucifer. Tragué saliva, anonadado, y advertí que todos, tanto los prisioneros liberados como los soldados, estaban pendientes de nosotros, o más bien de

Erik, como si esperaran de él una respuesta a nuestros problemas. El danés también percibió la expectación que estaba levantando, pues, tras reflexionar unos instantes, se aproximó al maestro Hugo y le dijo:

–Vamos a intentar tomar la catedral. Debéis iros todos ahora mismo. Dirigíos a la cantera y buscad refugio allí.

–Os ayudaremos –replicó el maestro–. Hay varios hombres entre nosotros capaces de luchar...

–Artesanos y tenderos –rechazó la oferta Erik–, y este es un trabajo para guerreros. Disculpadme, maese Hugo, mas solo estorbaríais...

La mirada del maestro se tiñó de angustia.

–Pero ¿y mi hija?...

–Os juro que haré lo humanamente posible por rescatar a Valentina. Pero ahora debéis partir; hay mujeres y niños que corren peligro quedándose aquí. Id a la cantera y esperad hasta el amanecer; si para entonces no habéis recibido noticias nuestras, dirigíos a Normandía, a la encomienda templaria de Renneville, y contad lo que ha sucedido.

La campana siguió tañendo mucho después de que el maestro Hugo y los restantes moradores de Kerloc'h hubieran partido hacia la cantera. El sol se había puesto y el cielo estaba totalmente encapotado, mas la oscuridad de la noche quedaba disipada por el resplandor de los constantes relámpagos que destellaban en las alturas.

Erik, Gunnar y Loki se habían reunido frente a la entrada de la fortaleza para discutir el plan de ataque y, al poco, Ben Mossé y yo nos unimos a ellos. Al parecer, las perspectivas no eran demasiado halagüeñas.

–Hay unos cuarenta mercenarios atrincherados frente a la catedral –dijo Erik contemplando en la lejanía las antorchas que iluminaban el pórtico del templo–; están bien pertrechados y son profesionales, de modo que no tenemos ninguna posibilidad de realizar con éxito un ataque frontal. Podríamos hostigarlos por los flancos para hacerles salir a campo abierto, pero me temo que nuestro número es demasiado escaso para que ese ardid dé resultado.

–¿Y si utilizáramos la pólvora de Ben Mossé? –sugirió Loki.

–Ya había pensado en ello, pero ¿cómo hacerla explotar cerca de los turcos? No tenemos catapultas ni forma alguna de lanzarla, y no creo que esos tipos nos permitan acercarnos lo suficiente.

El tañido de la campana desgarró la atmósfera y batió la tierra. La tormenta respondió con un trueno ensordecedor.

–Los turcos saben que estamos aquí –comento Loki con el ceño fruncido–, pero no hacen nada. Es como si no les importara nuestra presencia. Y eso no me gusta.

Ben Mossé carraspeó para llamar la atención de los templarios.

–Olvidáis que lo importante no es tomar la catedral –dijo–, sino acallar esa campana –se volvió hacia mí y me preguntó–: ¿Qué ocurriría si hiciéramos estallar la pólvora en el exterior de la torre?

–Nada –contesté–; los muros del campanario son muy sólidos. El único punto débil está en el arco que se abre a la nave central, pero para llegar a él hace falta entrar en la catedral.

Nadie dijo nada. Al parecer, nos hallábamos en un callejón sin salida: para destruir la campana era necesario entrar en el templo, mas para entrar en el templo había que vencer antes a los mercenarios que protegían la entrada, cosa que no podíamos hacer. Y, entretanto, la campana seguía sonando y Valentina continuaba en poder de los aquilanos. No pude evitar un estremecimiento al imaginarme a la muchacha allí, encerrada con unos locos que se proponían sacrificarla a Lucifer, si es que no lo habían hecho ya...

Intenté espantar tan negros pensamientos y volví la mirada hacia la catedral. El resplandor de un relámpago me mostró con nitidez su silueta de piedra, y entonces supe a qué me recordaba aquel templo: a un escorpión. Los arbotantes eran las patas, y la torre asemejaba una cola enhiesta rematada por un ponzoñoso aguijón.

Un nuevo relámpago iluminó la catedral y, sin pretenderlo, me fijé en los andamios que todavía recubrían el exterior del campanario. Entonces se me ocurrió algo.

–A lo mejor no hace falta destruir la torre para acallar la campana... –dije pensando en voz alta.

–¿A qué te refieres? –preguntó Ben Mossé con interés.

–Bueno, fijaos en el campanario: está cubierto de andamios hasta la cúspide. Si alguien subiera por ellos, podría colocar la carga de pólvora junto a la campana.

–Los turcos lo verían –objetó Loki.

–Pero ellos están en el lado oeste de la catedral, y la torre se encuentra al otro extremo.

–Sí, pero esos turcos no son tontos y habrán situado vigías en torno al edificio. Es imposible acercarse a la catedral sin ser visto, y más aún con todos estos malditos relámpagos.

Erik nos miró alternativamente a Loki y a mí. De pronto, su rostro se iluminó con una sonrisa.

–El plan de Telmo es factible –dijo–. Siempre que logremos distraer la atención de los mercenarios.

–¿Y cómo conseguiremos tal cosa? –preguntó Loki.

La sonrisa de Erik se amplió aún más.

–Es sencillo –repuso–; solo hará falta un carro cargado de heno y un poco de valor suicida...

Llevó menos de una hora disponer todo lo necesario para el plan de Erik. La estrategia era sencilla: los soldados templarios, capitaneados por Gunnar y Loki, atacarían frontalmente las defensas de los turcos y entonces, aprovechando la confusión, Erik y yo alcanzaríamos los andamios y subiríamos al campanario.

Al principio, Erik se negó a que yo le acompañase, pero le hice ver que él no sabría dónde situar la carga explosiva para que su efecto destructivo fuese máximo, de modo que acabó accediendo. Al entregarnos el barril de pólvora, Ben Mossé nos advirtió:

–La mecha es larga y arderá lentamente, pero solo dispondréis de tres o cuatro minutos desde el momento en que la prendáis hasta que la pólvora explote –nos tendió un par de velas–. Tomad esto. Cuando subáis a la torre, tapaos los oídos con cera, pues el sonido de la campana podría dejaros sordos.

Luego, Ben Mossé me llevó a un aparte y en voz baja me dijo:

–¿Recuerdas que te hablé de un hombre sabio llamado Moisés que había tenido una visión y de que tú aparecías en ella? Pues bien, Moisés vio que eras tú el destinado a enfrentarse al dragón. Eres el elegido de Dios, Telmo. Solo quería que lo supieses.

Supongo que Ben Mossé me contó aquello para infundirme ánimos, mas lo cierto es que sus palabras me llenaron de inquietud, pues de mis lecturas de la Biblia había aprendido que, con frecuencia, los elegidos de Dios acaban muy malparados, cuando no muertos.

Una vez que todo estuvo dispuesto para la acción, Erik y yo nos dirigimos a la arboleda y, ocultos tras las frondas, echamos a andar hacia la catedral. El avance fue penoso, pues el danés llevaba todas sus armas, así como una pesada ballesta, y yo cargaba con el barril de pólvora; además, la oscuridad era mayor en el bosque que en la costa, por lo que resultaba difícil orientarse. Diez minutos más tarde, sobrepasamos las ruinas del poblado y nos detuvimos justo en la linde de la arboleda, a unos trescientos pasos de la torre. Desde tan corta distancia, los tañidos de la campana nos golpeaban como martillazos. El fulgor de los relámpagos reveló que, como dijo Loki, había un centinela turco situado en el extremo este de la catedral. Me incliné hacia Erik y le susurré al oído:

—Todavía no hemos hablado de cómo rescatar a Valentina —señalé hacia los andamios—. Mira, al bajar de la torre podemos alcanzar esa cornisa, recorrerla y llegar hasta los ventanales del triforio. Uno de ellos tiene el cristal roto y, desde allí, podremos espiar lo que ocurre en el interior del templo.

Erik meditó unos instantes y luego asintió con un cabeceo, aunque me pareció que su mente estaba en otra parte.

—No veo a Simón de Valaquia —dijo entre dientes.

Luego, empuñó su ballesta y se dispuso a esperar. Aquellos minutos se me antojaron eternos. El fragor de la tormenta era atronador, los relámpagos no cesaban de herir mis pupilas y los tañidos de aquella horrible campana eran una tortura, tanto para mis oídos como para mi alma.

Inesperadamente, sonó un cuerno, la señal que marcaba el comienzo del ataque a la catedral. Los quince templarios, con Gunnar y Loki en cabeza, aparecieron en la explanada situada frente al pórtico y, protegiéndose tras un carro cargado de heno, comenzaron a avanzar hacia las barricadas de los mercenarios. Estos reaccionaron al instante y lanzaron una nube de flechas contra los templarios, quienes, parapetados tras el carro y cubriéndose con los escudos, prosiguieron su lento avance.

Cuando apenas les restaban cincuenta pasos para llegar a la altura de las trincheras turcas, nuestros amigos se detuvieron. Un par de segundos después, Loki arrojó una antorcha a la parte delantera del carro; como las balas de heno estaban embadurnadas de brea, todo el cargamento comenzó a arder al instante con grandes llamaradas.

Entonces, en medio de un feroz griterío, los templarios empujaron el carro todo lo rápido que les era posible, hasta chocar frontalmente contra las barricadas. Las ardientes balas de heno se precipitaron sobre los mercenarios y así comenzó el caos.

Los turcos abandonaron sus defensas, ahora sumidas en un voraz incendio, y se lanzaron a la desesperada contra los templarios, que, en perfecta formación de cuña, aguantaron a pie firme el ataque. La batalla era desigual, pues las tropas mercenarias duplicaban a las nuestras, pero los hombres de Gunnar y Loki contaban con la ventaja de la sorpresa y, además, los turcos, pese a su mayor número, peleaban con escasa convicción, más defendiéndose que otra cosa.

Pero no pude seguir prestando atención a la batalla. Erik, puesto en pie, apuntaba con su ballesta hacia el lugar donde estaba el centinela. Un relámpago quebró la oscuridad, el danés afinó la puntería, apretó el gatillo y la saeta siseó en el aire para acabar hincándose en el pecho del turco, quien, con un gemido, se derrumbó pesadamente.

–¡Vamos! –dijo Erik.

Abandonamos la arboleda y echamos a correr hacia el campanario. Mientras duró aquella enloquecida carrera, no dejaba de temer que alguien nos descubriera y, de un modo u otro, esperaba que una flecha o una lanza pusiera fin a mi vida en cualquier momento. Pero nada de eso sucedió, y al cabo de unos interminables segundos llegamos a la altura de los andamios que cubrían la torre. Nos detuvimos un instante junto a ellos para recuperar el resuello, y yo experimenté más alivio del que jamás había llegado a sentir.

Pero aquello no duró mucho, pues de pronto una voz sonó muy cerca de nosotros.

–Qué previsible eres, Erik. Estaba seguro de que intentarías algo así.

Volvimos la cabeza, sobresaltados, y vimos cómo surgía de entre la sombras la lúgubre silueta de Simón de Valaquia, seguido por cuatro de sus mercenarios. Todos ellos empuñaban espadas.

Erik desenvainó su acero y encaró a los cinco hombres que se interponían entre nosotros y la torre.

–Hola, Simón –dijo con voz carente de inflexiones–. Ya te dije que volveríamos a vernos.

Simón de Valaquia sonrió con frialdad.

—Nunca lo he dudado; conozco bien tus habilidades para la huida y sabía que lograrías escapar de la celda. Como también sabía que lanzarías un ataque para distraernos e intentarías alcanzar la catedral por la retaguardia. Eres muy previsible, ya te lo he dicho. Pero esperaba que vinieras con más hombres, y no con un muchacho. ¿El chico es tu guardaespaldas?

—Quizá este no sea el momento de pelear, Simón —repuso Erik encajando el sarcasmo con un pestañeo—. ¿Sabes que tu jefe, el gran maestre, está a punto de desencadenar el Armagedón? Eso también te atañe a ti; deberíamos impedírselo.

Simón de Valaquia se echó a reír.

—¡Conozco perfectamente los planes de Corberán! —exclamó—. Y estoy de su parte, viejo amigo. ¿Quién crees, si no, que capitaneará los ejércitos de Lucifer? —su tono se endureció—. Ahora, ten la amabilidad de entregar la espada.

Erik le contempló en silencio, sin mover ni un solo músculo. Bajo la pálida luz de los relámpagos, su rostro parecía una máscara primitiva.

—¿Desde cuándo precisas a cuatro matones para acabar conmigo? —sus labios dibujaron una sonrisa burlona—. ¿Acaso ya no estás tan seguro de ti mismo? Vamos, Simón, este es un asunto entre tú y yo. Dirimámoslo a solas.

Durante unos segundos, el capitán de los aquilanos mantuvo la vista fija en Erik, como si estuviera evaluándolo; luego ordenó a sus hombres:

—No os necesito. Id a defender el pórtico.

Los cuatro mercenarios se miraron entre sí con perplejidad y, tras unos instantes de duda, echaron a andar, renuentes, hacia el extremo oeste de la catedral, donde templarios y turcos contendían con gran fiereza.

Simón observó cómo se alejaban y luego volvió la mirada hacia el danés.

—Bien, amigo mío, ya estamos solos. Vamos a ver si has aprendido algo durante estos últimos años.

Inesperadamente, avanzó un par de rápidas zancadas y descargó el filo de su espada contra el costado de Erik, que logró esquivar el golpe por escasas pulgadas, para contraatacar acto seguido con una vertiginosa estocada. Simón interpuso su acero y así, durante un rato, intercambiaron una sucesión de ataques y defensas que más tenían de tanteo que de auténtico combate.

Yo estaba petrificado, ahí, con el barril de pólvora todavía en los brazos, contemplando impotente la lucha que se desarrollaba ante mí. Supongo que debería haber intentado subir yo solo a la torre para detonar la carga explosiva y silenciar aquella campana cuyos tañidos me estaban destrozando los nervios, pero no hice nada. Me resultaba imposible moverme, era como si me hubieran robado la voluntad y no pudiera hacer otra cosa que ser testigo de aquel duelo a muerte.

Erik y Simón combatían entre la luz y la oscuridad. Cuando un relámpago destellaba en lo alto, parecían quedar congelados por su pálido resplandor, para sumirse acto seguido en una negrura que solo me permitía distinguir los veloces movimientos de sus siluetas y el metálico entrechocar de los aceros. Tras un prolongado intercambio de golpes, Simón de Valaquia retrocedió unos pasos y contempló a su contrincante con fingido respeto.

–Felicidades, Erik –dijo en tono sarcástico–; has aprendido mucho desde Acre.

Avanzó lentamente hacia el danés y, de pronto, descargó un tajo lateral que, al fallar, dejó al descubierto su costado. Erik aprovechó la oportunidad y lanzó una rápida estocada; pero el presunto error de Simón era un engaño, pues esquivó el golpe con facilidad y proyectó al tiempo la hoja de la espada contra su adversario. Erik intentó eludir el golpe, pero el cortante filo se deslizó contra su pecho, desgarró la cota de malla que llevaba bajo el jubón y dibujó sobre su carne una larga herida que pronto se tiñó de rojo. Simón se echó a reír.

–Has aprendido algo, sí –dijo, burlón–. Pero sigues siendo un pésimo espadachín.

Erik encajó los dientes y, ciego de ira, acometió con más furia que juicio. Simón esquivó el primer golpe y bloqueó el segundo, pero cuando detuvo el tercero lo hizo realizando un rápido molinete, un diestro floreo que arrancó la espada de las manos del danés. Y Erik quedó repentinamente desarmado, a merced de su contrincante.

Todo había acabado.

–¡Estúpido templario! –exclamó, triunfante, Simón–. ¿Qué harás ahora? ¿Saldrás corriendo como en Acre?

Erik empuñó el cuchillo que llevaba al cinto y, profiriendo un grito, se abalanzó contra el capitán de los aquilanos. Era un acto suicida; nada podía hacer una daga contra una espada... Pero entonces recordé la ocasión en que vi pelear a Erik contra Gunnar y supe al instante lo que iba a suceder.

Simón alzó su acero y, sonriendo confiado, lo descargó contra el inerme danés, pero este, sin frenar su acometida, se lanzó al suelo, giró sobre sí mismo y, quedando de rodillas, hincó la hoja de su puñal en el pecho de Simón.

Un relámpago desgarró la negrura. La campana profirió un tañido que esta vez sonaba a muerte.

Simón contempló incrédulo la herida que le robaba el aliento y dejó escapar un débil gemido. Su espada cayó al suelo. Sin soltar la empuñadura del cuchillo, Erik se puso en pie y, encarándose con su enemigo, le gritó al rostro:

–¡He dedicado diez años a practicar esta estocada! ¡Solo para ti, Simón, solo para ti!

Los ojos de Simón de Valaquia formaron dos sorprendidos círculos; luego, tras un estremecimiento, la vida huyó de él como un suspiro y su cuerpo se derrumbó, desmadejado, sobre el suelo. Erik permaneció unos instantes inmóvil, contemplando jadeante el cadáver de su rival; luego, recogió su espada, se aproximó a mí y me dijo:

–Tenemos un trabajo que hacer, Telmo.

Yo estaba conmocionado. Me temblaban las piernas y mi cabeza era un caos. Miré en derredor y vi la lucha que tenía lugar frente al pórtico –¿quién estaría ganando?–, y vi el cadáver de Simón de Valaquia, y oí el fragor de la tormenta y sentí el tañido de la campana... Erik me sacudió por los hombros.

–¡Reacciona, Telmo! –gritó.

Parpadeé, desconcertado, y advertí la sangre que empapaba el jubón de mi amigo.

–Estás herido... –musité.

–No es nada. Vamos, muchacho; tenemos que subir a la torre.

Como saliendo de un trance, eché a andar hacia el campanario. Antes de comenzar la ascensión, arrancamos unos trozos de cera a las velas que nos había dado Ben Mossé y, tras amasarlos entre los dedos, nos tapamos con ellos los oídos. Erik se hizo cargo del barril de pólvora y empezamos a trepar por los andamios. Aquel ascenso en la oscuridad era muy arriesgado, con el viento azotándonos y el destello cegador de los relámpagos velando nuestras pupilas, mas no cesamos de subir en ningún momento, sin descanso, agarrándonos a los maderos y cuerdas que colgaban de la torre.

Pronto dejamos atrás el tejado de la catedral, y proseguimos nuestra ascensión, notando ya a flor de piel las sobrenaturales vibraciones de la campana. Entonces, cuando nos encontrábamos a unas cien varas sobre el nivel del suelo, volví la vista hacia el oeste... y mi corazón se detuvo entre dos latidos.

Porque allí, en el horizonte, justo donde las nubes y el mar se confundían en una borrosa franja de negrura, había algo, una descomunal columna de viento y agua, un aullante tifón que avanzaba hacia la costa en medio de un encrespado oleaje. Pero no fue aquel tornado lo que me heló la sangre en las venas, sino lo que se ocultaba en su interior, pues bajo el resplandor de los relámpagos, durante un abrir y cerrar de ojos, me pareció distinguir entre la vorágine del torbellino a un ser inmenso hecho de tinieblas, una bestia apocalíptica de forma indescriptible.

Puede que fuera un espejismo, pues apenas lo vi durante una fracción de segundo, pero al instante supe, tan cierto como que el día sigue a la noche, que aquel ente abyecto era el mismísimo Diablo.

Me quedé paralizado de terror, con las manos aferradas a los maderos del andamiaje y la mirada fija en aquella vertiginosa columna de agua que, en la lejanía, se alzaba sobre el océano, grande como una montaña. Era el Leviatán, Tifón, y aunque aún se encontraba lejos, no cesaba de avanzar en línea recta hacia la catedral, como si esta fuera una piedra imán. Y yo, fascinado como una mariposa por el brillo de un candil, no podía apartar los ojos de la monstruosidad que inexorablemente se aproximaba a nosotros.

Entonces noté que unas manos me agarraban por los brazos, obligándome a apartar la vista de aquel espanto que amenazaba con quebrantar mi cordura. Era mi amigo, el templario danés, y me gritaba algo, aunque no podía oírle porque mis oídos estaban taponados con cera.

Erik señaló hacia lo alto y me indicó con un gesto que le siguiera. «La campana», pensé, saliendo de mi estupor; era el sonido de aquella campana lo que atraía al tornado, de modo que debía destruirla si quería destruir también al terrible engendro que llegaba por el mar.

Seguí a Erik andamios arriba, negándome a mirar hacia el océano, pues sabía que aquella visión me paralizaría de nuevo. Y así llegamos a lo alto de la torre. Un tañido de la campana, ahora tan cercana, impactó contra mí pecho como si su sonido fuera sólido, y a punto estuvo de hacerme caer, pero Erik me sujetó con fuerza y me ayudó a salvar el antepecho que rodeaba la cúspide del campanario.

Procurando calmar el loco galope de mi corazón, examiné entre jadeos aquella enorme campana ornamentada con dragones y serpientes de bronce. Estaba colgada de un robusto eje de hierro cuyos extremos descansaban sobre dos salientes de piedra. La pólvora no podría doblegar el metal, pensé, pero sí lograría destruir los salientes sobre los que se sustentaba.

Cogí con ambas manos el barril e, inclinándome hacia el hueco de la torre, lo encajé debajo de una de las dos protuberancias de piedra que sostenían el eje transversal de la campana. Luego, coloqué la mecha en su lugar y la extendí cuan larga era. Saqué de mi bolsa una lasca de pedernal y comencé a golpearla con el cuchillo de Erik. Las chispas brillaron en la oscuridad.

El badajo golpeó la campana y una oleada de sonido me hizo perder el equilibrio. Apretando los dientes, volví a acuclillarme y seguí golpeando el acero contra la piedra hasta que, de pronto, una de las chispas prendió la mecha.

Erik y yo intercambiamos una rápida mirada. A partir de ese momento, solo disponíamos de cuatro minutos para alejarnos de allí, así que saltamos el antepecho y comenzamos a descender por los andamios a toda velocidad, descolgándonos de tablón a tablón en un vertiginoso descenso que, al menor traspiés, nos habría arrojado al vacío. Mas, por fortuna, logramos alcanzar sanos y salvos la cornisa que sobresalía de la fachada sur del templo y comenzamos a recorrerla con las espaldas pegadas al muro. Por el rabillo del ojo distinguí en el mar la mole desmesurada y aterradora del tifón, entre inmensas olas, cerca, muy cerca ya de la costa.

Finalmente, quién sabe cuánto tiempo después, alcanzamos el ventanal sin cristales; la cuerda que había utilizado para entrar el día anterior todavía estaba atada a la columna. Con el aliento agitado, nos quitamos los tapones de cera y luego, procurando no ser vistos, contemplamos el interior del templo.

La catedral estaba iluminada por las llamas de centenares de velas. Veinte caballeros del Águila, vestidos con los negros hábitos de la Orden, se hallaban de pie en la nave central, frente a la estatua de Lucifer que yo había esculpido y que ahora presidía el altar mayor; sus voces desgranaban a coro una monótona letanía. Al pie de la estatua, presidiendo los blasfemos rezos, se encontraba el gran maestre Corberán de Carcassonne, erguido, triunfal, con la mano derecha alzada y un brillante puñal firmemente sujeto en el puño. Y frente a él, tumbada sobre el altar con las manos y los pies atados, estaba Valentina.

Sus gritos llegaron hasta mí con nitidez.

Era la víctima de un sacrificio, la virgen cuya inocencia saciaría el hambre de un dios depravado. Valentina, cubierta tan solo con un camisón de lino blanco, parecía muy pequeña y frágil, allí, tumbada sobre el altar como una oveja dispuesta para la inmolación.

La salmodia de los aquilanos cesó repentinamente. Una campanada retumbó en el interior del templo. Corberán de Carcassonne se volvió hacia sus caballeros y pronunció una larga frase en latín, mencionando varias veces el nombre de Lucifer. Luego, avanzó majestuosamente hasta situarse frente a Valentina, empuñó el cuchillo con ambas manos, lo alzó por encima de su cabeza y, manteniéndolo suspendido en el aire, pronunció un conjuro en una lengua extraña. Un alarido de pánico se ahogó en la garganta de la muchacha.

Iba a morir, pensé. Valentina iba a morir en ese instante, allí mismo, frente a mis ojos.

—¡No! —grité con todas mis fuerzas.

El sonido de mi voz rebotó contra los muros del templo, desgranándose en un rosario de ecos cada vez más tenues. El gran maestre Corberán, interrumpiendo el sangriento ritual, alzó la mirada y buscó el origen de aquel inesperado grito. De pronto, tras recorrer los ventanales del triforio, sus ojos encontraron los míos. Nos había descubierto. Con un rictus de rabia en sus facciones, Corberán abrió la boca para dar la alarma. Mas no llegó a hacerlo.

Porque entonces sonó un ensordecedor estampido, semejante a un trueno pero mucho más intenso, y de la campana brotó un último y discordante toque. Luego se oyó un profundo crujido, y un desprendimiento de piedras y cascotes cayó por el vano de la torre. La carga de pólvora había explotado.

Los caballeros del Águila se agitaron, confusos. Un gemido metálico sonó en lo alto del campanario. Corberán, con el ceño fruncido —y supongo que preguntándose por el origen de aquellos alarmantes ruidos—, comenzó a aproximarse al enorme arco que daba acceso a la torre. De pronto, resonó el estruendo, cada vez más intenso, de un entrechocar de piedra contra metal.

Entonces comprendí lo que sucedía. A causa de la explosión, la campana se había desprendido del eje y ahora estaba precipitándose por el hueco del campanario.

Estaba en lo cierto. Un par de segundos más tarde, la colosal campana se estrelló contra el suelo del coro, dividiéndose en dos grandes fragmentos. Uno de ellos, el de mayor tamaño, rebotó violentamente, destrozó las piedras del arco y, en medio de una lluvia de cascotes, percutió de lleno contra el desprevenido Corberán.

La corriente de aire producida por el brutal impacto apagó la mayor parte de las velas, dejando la catedral sumida en las tinieblas. Una nube de polvo lo invadió todo. Tras unos instantes de gran desconcierto, los caballeros del Águila se precipitaron al lugar donde su gran maestre había sido alcanzado por la campana y comenzaron a retirar cascotes en un vehemente intento de rescatarle.

Un profundo crujido hizo vibrar los cimientos del templo. El resplandor de un relámpago se coló por los ventanales, mostrándome los destrozos sufridos por el arco que sustentaba el campanario. Me giré hacia Erik y le grité:

—¡La torre se está desmoronando! ¡Tenemos que sacar de ahí a Valentina!

El danés comprobó a través del ventanal que los aquilanos se hallaban absortos en su labor de rescate y asintió con un cabeceo. Luego, dejó caer la cuerda a lo largo de la pared y ambos nos descolgamos por ella. El interior de la catedral era un caos. La atmósfera estaba saturada de polvo y había piedras sueltas por doquier. Del techo caían constantes desprendimientos y los crujidos de la piedra desgarrada resonaban estruendosamente. Los aquilanos, apelotonados junto al coro, apartaban escombros con urgencia.

Amparados en la oscuridad, Erik y yo nos aproximamos al altar. Aunque me negaba a pensar en ello, en el fondo de mi ser albergaba el temor de que Valentina hubiera sido alcanzada por los cascotes, pero no fue así; la muchacha no solo estaba indemne, sino que conservaba la consciencia. Erik cortó sus ligaduras y la ayudamos a bajar del altar. Valentina, conmocionada, nos contempló con extrañeza, como si no supiera muy bien dónde se encontraba ni quiénes éramos. Cogiéndola por los hombros, la empujé suavemente hacia el lugar donde nos esperaban la cuerda y la salvación.

Entonces, el resplandor de un relámpago atravesó los ventanales, inundando de luz el interior del templo, y fuimos descubiertos. Sonó una voz de alarma. Los caballeros del Águila se volvieron hacia nosotros y, dando gritos de rabia y frustración, empuñaron las espadas. Erik desnudó su acero y se interpuso entre ellos y nosotros.

—¡Llévatela, Telmo! —me ordenó.

Dudé unos instantes, mas comprendí que mi amigo tenía razón. Lo importante era salvar a Valentina, de modo que, mientras él intentaba contener a los aquilanos, yo conduje a la muchacha hacia el fondo sur de la catedral.

Justo entonces resonó un desgarrador crujido y volví la vista atrás, y vi a Erik enfrentándose a los aquilanos, que avanzaban hacia él sorteando los cascotes, pero también vi la descomunal grieta que sesgaba la pared situada a su derecha, y grité:

—¡Cuidado, Erik! ¡El muro se va a desplomar!

El danés volvió la mirada hacia la diestra y, comprendiendo lo que iba a suceder, echó a correr hacia donde nos encontrábamos Valentina y yo. Se salvó de milagro, pues apenas dos segundos más tarde un inmenso paño de muro se desplomó a su espalda, directamente sobre los inadvertidos aquilanos.

Pero no perdimos ni un segundo en evaluar las bajas causadas por aquel desastre. Erik se echó al hombro a Valentina y comenzó a trepar por la cuerda a toda prisa, acción que yo imité sin demora. Tras alcanzar el ventanal del triforio, dejamos caer la soga hacia el exterior y nos descolgamos por ella.

Una vez fuera de la catedral y con los pies firmemente asentados en el suelo, me embargó un inmenso cansancio y, al tiempo, una tremenda alegría por conservar la vida. Erik depositó a Valentina sobre la hierba y yo pasé un brazo por los hombros de la temblorosa muchacha. Ella me miró con fijeza –creo que reconociéndome por primera vez–; luego se echó a llorar y refugió su rostro en mi pecho.

Transcurrieron así varios segundos, con la catedral desmoronándose a nuestras espaldas y el fragor de la tormenta en lo alto. Después de la pesadilla, nos sentíamos más vivos que nunca. Pero la pesadilla no había acabado...

–Sucede algo raro –observó Erik.

Volví la vista hacia donde él miraba y advertí que al otro extremo del templo, frente al pórtico donde antes contendían templarios contra turcos, ahora no luchaba nadie. Tanto los unos como los otros, con las armas todavía empuñadas, permanecían estáticos, con la mirada vuelta hacia un punto del mar que nosotros no podíamos ver, pues la catedral nos lo ocultaba.

Intrigados, echamos a andar hacia allí. Conforme nos aproximábamos, vi que había cadáveres en el suelo, que ardían fuegos por doquier, que la sangre teñía el acero de las espadas. Pero ahora la lucha había cesado y todos, incluso los heridos, contemplaban con estupor algo que yo no podía ver.

Distinguí a Loki, cubierto de sangre –creo que ajena–, y cerca de él a Gunnar, con su temible hacha de combate sujeta entre las manos. Me aproximé a ellos y entonces, al sobrepasar la catedral, pude distinguir al fin lo que todo el mundo contemplaba.

Estaba en el mar, cerca, muy cerca de Kerloc'h, a menos de una milla de distancia, frente a la embocadura de la bahía.

Era la Bestia.

El tifón se alzaba frente a nuestros ojos, una descomunal manga de agua marina y vientos huracanados que llegaba hasta el mismísimo cielo. Entonces tuve una nueva visión, y por detrás del vértigo giratorio del tornado vi a un coloso con cuernos de ciervo, semejante a la figura que presidía la cripta secreta, un engendro tan desmesurado que sus astas rozaban las nubes. El océano hervía a su alrededor, como si la Bestia estuviera en el centro de un gigantesco torbellino erizado de olas, y la tormenta se condensaba sobre su enorme cuerpo, envolviéndolo en una luminosa telaraña de rayos y relámpagos.

Era Satanás, Belcebú, Asmodeo, Leviatán, Lucifer, Astaroth; recibiera el nombre que recibiese, era la Bestia, el Príncipe de las Tinieblas. Puede que fuera una alucinación, pues tan solo la vi durante un instante, pero su monstruosa imagen me llenó de terror. Valentina se estrechó fuertemente contra mí y profirió un ahogado grito. Erik palideció.

Sin embargo, el tifón ya no avanzaba. Los tañidos de la campana habían cesado, pensé vagamente, y no fue sacrificada en holocausto virgen alguna. La invocación a Lucifer se había interrumpido antes de concluir. Por ello, la Bestia vio truncado su avance justo a las puertas de lo que iba a ser su momento de gloria. El Armagedón ya no tendría lugar...

O quizá el Armagedón ya se había celebrado, comprendí de pronto, y las fuerzas del bien habían triunfado sobre las hordas del mal. Sí, cuanto más lo pensaba, más creía estar en lo cierto. Erik, Ben Mossé, Gunnar y Loki, el maestro Hugo, Helmut de Colonia, Korrigan, yo mismo, todos nosotros éramos los ejércitos de la luz que, enfrentados a las tinieblas, habíamos salido triunfantes.

Y, de repente, dejé de sentir miedo, y alcé la mirada, y contemplé con fijeza el tornado, y durante un segundo advertí –o imaginé– que dos ojos rojizos me miraban con ira desde el corazón del torbellino. Entonces, avancé unos pasos y esbocé una desafiante sonrisa. Y quizá fuera una coincidencia, no lo sé, pero justo en aquel momento, cuando mis ojos se centraron en los del engendro, sonó un bramido que pareció rasgar la sustancia misma de la realidad y el tifón desapareció.

Se esfumó ante nuestros ojos como si la nada se lo hubiera tragado. Ya no estaba allí.

Y el fragor de la tormenta comenzó a decrecer.

14

Una extraña paz siguió a la desaparición del tornado.

Los mercenarios turcos eran meros guerreros a sueldo de la Orden del Águila y desconocían los propósitos de sus patronos, de modo que la aparición de aquella monstruosidad en el mar les había causado tanta sorpresa y espanto como a nosotros mismos. Tras parlamentar entre sí durante unos minutos, los mercenarios le propusieron a Erik poner fin a la lucha y le anunciaron su propósito de abandonar Bretaña cuanto antes. El danés accedió, pues en realidad nada tenía contra ellos, aunque tampoco estaba en disposición de hacer otra cosa, ya que sus escasas tropas habían sufrido varias bajas durante el ataque a la catedral.

En cuanto a los aquilanos, la torre se había abatido sobre el templo, justo encima de ellos, y era a todas luces imposible que nadie hubiese sobrevivido a aquel desastre. La Orden del Águila de San Juan de los Siete Sellos había desaparecido para siempre.

De modo que cesó la lucha, las espadas se cobijaron en sus vainas, los heridos fueron atendidos por sus compañeros y unos y otros buscamos sosiego y descanso. Entretanto, tan rápido como se había formado, la tormenta se desvaneció, el cielo se cuajó de estrellas y, poco después, salió la luna, inundando con su claridad las cenizas de Kerloc'h y las ruinas de la catedral.

Valentina aún seguía conmocionada, así que la conduje a la fortaleza y la acosté en el dormitorio del gran maestre, pero la muchacha no lograba conciliar el sueño y me quedé a su lado mucho rato, cogiéndola de la mano y murmurándole al oído tranquilizadoras palabras. Dos o tres horas más tarde, avisados por un emisario de Erik, el maestro Hugo y su mujer llegaron a la fortaleza y, entre lágrimas de alegría, se hicieron cargo de su hija.

Yo estaba agotado, así que fui a los dormitorios de los aquilanos, me derrumbé sobre un jergón y, en apenas un parpadeo, me quedé dormido. Pero no pude descansar mucho, pues poco después del amanecer, Ben Mossé me despertó.

–Te buscan, Telmo –dijo al tiempo que me sacudía por los hombros–. Quieren verte.

¿Quién me buscaba, quién quería verme? Aturdido y somnoliento, me dejé guiar por Ben Mossé a través de los sinuosos corredores, mas cuando abandonamos la fortaleza sufrí un sobresalto que disipó todo rastro de sopor, pues congregados frente al baluarte había un par de centenares de bretones. Los moradores de la región, que durante tanto tiempo habían eludido acercarse siquiera a Kerloc'h, estaban ahora allí y, al advertir mi presencia, comenzaron a vitorearme en su incomprensible idioma. Lo cierto es que, por la razón que fuese, parecían encantados de verme.

–Han estado llegando durante toda la noche –me explicó Ben Mossé–. Dicen que vieron a una bestia en el mar y que vieron también cómo desaparecía. Sus hechiceros afirman que fue un muchacho, un forastero de Kerloc'h, quien venció al *morgan*, que es como llaman aquí a los espíritus del agua.

Los bretones incrementaron el vigor de sus clamores y comenzaron a aproximarse a mí.

–Y ahora, ¿qué quieren? –pregunté un tanto amedrentado.

–Verte –sonrió el hebreo–. Y tocarte.

Y vaya si me tocaron. Uno a uno, aquella multitud de campesinos y pescadores fue desfilando frente a mí, rozándome con los dedos, como si fuera un héroe o un santo. Aunque lo cierto es que yo no me sentía ni una cosa ni otra, sino tan solo perplejo y cansado.

Entonces, cuando aquella especie de homenaje estaba tocando a su fin, oímos unas voces de alarma. Al parecer, mientras curioseaba por entre las ruinas de la catedral, Oliverio, uno de los albañiles del maestro Hugo, había oído gritos de auxilio surgiendo bajo los escombros.

Los recién llegados bretones, los mercenarios turcos, los templarios, maese Hugo y sus constructores, cada hombre, mujer y niño que quedaba en Kerloc'h con fuerzas suficientes para apartar escombros, se puso a la tarea de rescatar al desgraciado que yacía bajo las ruinas. Fue una labor ímproba, pues el ala oeste de la torre se había derrumbado sobre la catedral y había gran cantidad de piedras sueltas, pero a eso del mediodía logramos finalmente acceder al lugar donde yacía el hombre atrapado entre los escombros.

Era Corberán de Carcassonne.

En cierto modo, el fragmento de campana que impactó contra él en la iglesia fue lo que le salvó la vida, pues le había protegido del derrumbe. No obstante, el gran maestre no tardaría en morir, ya que tenía la espalda rota y la mayor parte de sus órganos reventados. De hecho, parecía imposible que aquel hombre conservara todavía un hálito de vida.

Le sacamos de debajo de la rota campana y lo acomodamos lo mejor posible sobre un muro caído. Erik, Ben Mossé y yo nos aproximamos a él y le contemplamos en silencio, sobrecogidos, pues aunque se tratara de alguien perverso y diabólico, nadie merecía un martirio como el que aquellas heridas debían de estar infligiéndole. Entonces, sacando fuerzas de quién sabe dónde –creo yo que del odio–, Corberán abrió los ojos, nos miró con fijeza y dijo débilmente:

–Creéis haber vencido, ¿verdad?... –un sangriento espumarajo le borboteó en los labios–. Estúpidos... Solo habéis ganado una batalla... –sus facciones se contrajeron en un rictus de dolor y luego, con odio, agregó–: Yo os maldigo... sí, os maldigo... Tú, Abraham Ben Mossé, perro judío... padecerás persecución, como todo tu pueblo... Y tú, Erik de Viborg... –profirió un gemido. El Temple será maldito... y sus miembros padecerán bajo... el fuego y el hierro... –volvió la mirada hacía mí–. Y tú, Telmo Yáñez... yo te... maldigo... Vagarás por la tierra...

De pronto, Corberán de Carcassonne sufrió un espasmo, desorbitó los ojos, exhaló una bocanada de aire... y murió.

Nadie dijo nada durante largo rato, mas en mis oídos siguió resonando la maldición del gran maestre de los aquilanos mucho tiempo después de que su voz se hubiera extinguido.

Al día siguiente, tras recuperar mis herramientas de entre las cenizas del incendio, decidí abandonar Kerloc'h. Cuando le puse al tanto de mis propósitos, Erik me preguntó:

–¿Volverás a Navarra con tus padres?

No supe qué contestar; solo había pensado en irme, mas aún no tenía decidido adónde. El danés me contó que pronto se dirigiría a París, para informar a Guillaume de Beaujeu, maestre de los templarios, acerca de los sucesos acaecidos en Bretaña, y me invitó a acompañarle.

–París es la ciudad más bella del orbe –dijo–. Te gustará.

Aunque se trataba de una oferta tentadora, la rechacé. París era una ciudad muy grande y bulliciosa, y yo, tras todo lo sucedido, ansiaba un poco de paz y descanso. Ben Mossé, por su parte, me invitó a dirigirme con él a Roma.

–Verás al Papa, Telmo. Y él estará encantado de conocer al joven que derrotó al Maligno.

Le dije que no había derrotado a nadie; que nuestra victoria se debió a la pólvora que él había elaborado y a las espadas de Erik y de los demás templarios; que yo no había hecho nada de importancia. En cualquier caso, rehusé acompañarle a Roma, pues esa ciudad, al igual que París, no me proporcionaría el tan ansiado descanso.

Finalmente, el maestro Hugo me sugirió que le acompañase a Quimper, lugar donde él y sus albañiles esperaban encontrar trabajo. Le di las gracias, pero también rechacé su propuesta.

–¿Qué harás, entonces? –me preguntó, compungido, pues el maestro, tras conocer mi intervención en el rescate de su hija, me había cobrado un gran afecto.

¿Qué iba a hacer? No lo sabía. Pensé, vagamente, que me gustaría completar el *Tour*, viajar de ciudad en ciudad, de obra en obra, aprendiendo todo lo posible sobre el arte de construir, oficio al que iba a dedicar lo que me restara de vida.

–Quizá vaya a Normandía –concluí, tras meditar largo rato–. Dicen que el estilo normando de construcción es muy hermoso, y me gustaría visitar Saint Michel y las abadías de Caen y Ruan.

De modo que Normandía iba a ser mi próximo destino... ¿Por qué no? Así que guardé mis escasos enseres en las alforjas, ensillé mi caballo y, a media mañana, me dispuse a partir. Pero antes me despedí de Erik de Viborg, que me deseó mucha suerte, y de Gunnar, que me abrazó como un oso, y de Loki, que se limitó a guiñarme un ojo, y de Abraham Ben Mossé, que cobijó mi mano diestra entre las suyas y me dijo que rezaría por mí a Yahvé, y del maestro Hugo y de María, su esposa, que incluso derramaron unas lágrimas al verme marchar.

Y, por último, le dije adiós a Valentina. La muchacha había recuperado el color y el buen aspecto, como si haber estado a punto de ser sacrificada al Diablo, tan solo cuarenta y ocho horas antes, fuese un suceso insignificante y ya olvidado. Era muy valiente, eso he de reconocérselo.

Cuando llegó el momento de la despedida, ella me abrazó con fuerza y me besó en los labios. No pude evitar ruborizarme, mas creo que le devolví el beso o, al menos, que deseé hacerlo, y entonces Valentina se apartó de mí, me contempló con el ceño fruncido y, agitando su dedo índice delante de mi nariz, me advirtió:

–Volveremos a vernos, Telmo Yáñez. No sé cuándo ni dónde, pero nos encontraremos de nuevo. Y me casaré contigo, puedes estar seguro.

Le respondí con una sonrisa y monté en el caballo. Me despedí de mis amigos agitando la mano y luego tomé el camino del este. Antes de perder de vista Kerloc'h, volví la mirada atrás y contemplé por última vez el ancho mar, la bahía, la negra fortaleza y las ruinas de la catedral que yo había contribuido a erigir.

EPÍLOGO

Durante mucho tiempo, más del que yo hubiera deseado, la maldición de Corberán de Carcassonne permaneció presente en mis pensamientos. Me preocupaba, y mucho, pues con el paso de los años descubrí que esa maldición se estaba cumpliendo.

Menos de una década después de los hechos relatados, los judíos sufrieron por doquier numerosas persecuciones y matanzas. Ignoro qué suerte corrió Abraham Ben Mossé, pero confío en que su relación con la Iglesia le sirviera de protección frente a aquella barbarie. En cualquier caso, sucedió lo que había predicho Corberán, aunque justo es reconocer que, a lo largo de su historia, los hebreos siempre han sufrido persecución por parte de los gentiles.

Más extraño fue, sin embargo, el destino de la Orden del Temple. El gran maestre de los aquilanos auguró su caída, y así ocurrió. Veinticuatro años más tarde, el trece de octubre de 1307, el rey de Francia acusó de herejía a los templarios y ordenó su detención. Muchos de ellos padecieron tormento y su maestre murió en la hoguera. La Orden se disolvió cinco años después.

Ignoro qué fue de Erik de Viborg y de sus sargentos Gunnar y Loki. Lo último que supe de ellos fue que habían regresado a Portugal, y como en ese reino no sufrió persecución el Temple, sino que se limitó a cambiar de nombre, convirtiéndose en la Orden de Cristo, confío en que su suerte fuera venturosa.

En cuanto a mí, Corberán expiró antes de completar la maldición, mas de lo que dijo puede inferirse que pretendía condenarme a vagar por siempre por el orbe, sin encontrar jamás un hogar definitivo. A decir verdad, eso fue lo que hice desde entonces, mas yo no creo que tal clase de vida sea mala, y pienso que, de cualquier forma, las cosas habrían discurrido por idénticos cauces, con maldición o sin ella.

Tras los terribles sucesos que acaecieron en Kerloc'h, quise participar en la construcción de otras catedrales –templos verdaderos y no edificios de pesadilla–, como si de ese modo pudiera desprenderme del hedor del que se había impregnado mi alma al enfrentarme a la Bestia. De modo que viajé por la cristiandad durante muchos años, de obra en obra, aportando mi trabajo a la construcción de grandes y hermosas iglesias. Eso hice.

Pero, y después, ¿qué?... Bueno, quién sabe, quizá llegué a ser maestro constructor, o puede que me quedara en simple imaginero; quizá regresé a Navarra, con mis padres, o quizá acabara casándome con Valentina. Puede que sí, puede que no. Aunque, en el fondo, ¿qué más da? Lo que fuera de mi vida después de Kerloc'h carece de interés. Solo algo tiene importancia: yo, Telmo Yáñez, compañero constructor, combatí en la batalla del Armagedón, y mi bando salió triunfante. Un simple aprendiz de masón se enfrentó cara a cara con la Bestia y venció. Por eso, cuando abandoné Kerloc'h, hice algo que para mí tuvo un significado muy especial.

Apenas llevaba recorrida media legua cuando me fijé en que, a la orilla del camino, había una de esas rocas erguidas que un pueblo olvidado levantó en épocas remotas. Me detuve y la contemplé largamente; luego, casi sin proponérmelo, bajé del caballo, saqué de mi bolsa mazo y cincel, y sobre la áspera piel de la piedra grabé un signo.

El mismo signo que podréis encontrar en los muros de muchas iglesias, o firmando una escultura quizá un poco diferente a las demás. Es una marca que, cuando mis huesos solo sean polvo barrido por el viento, me sobrevivirá.

Una T inscrita sobre una Y.

Mi marca.